KB185723

인생이 막막할 때
책을 만났다

인생이 막막할 때 책을 만났다

초판 1쇄 발행 2025년 1월 25일

지 은 이	김형준
사 진	김성민
발 행 인	권선복
편 집	권보송
디 자 인	김소영
전 자 책	서보미
마 케 팅	권보송
발 행 처	도서출판 행복에너지
출판등록	제315-2011-000035호
주 소	(157-010) 서울특별시 강서구 화곡로 232
전 화	0505-613-6133
팩 스	0303-0799-1560
홈페이지	www.happybook.or.kr
이 메 일	ksbdata@daum.net

값 20,000원

ISBN 979-11-93607-69-5 (03810)

Copyright ⓒ 김형준, 2025

도서출판 행복에너지는 독자 여러분의 아이디어와 원고 투고를 기다립니다. 책으로 만들기를 원하는 콘텐츠가 있으신 분은 이메일이나 홈페이지를 통해 간단한 기획서와 기획의도, 연락처 등을 보내주십시오. 행복에너지의 문은 언제나 활짝 열려 있습니다.

1천 권에서 발견한 여덟 단어

인생이 막막할 때 책을 만났다

김형준 지음

도서
출판 행복에너지

들어가는 글

2016년, 특수절도로 검찰에 출석했었습니다. 공범이었던 직장 동료와 검사 앞에 앉았습니다. 사건 경위를 파악했는지 검사는 긴말하지 않았습니다. 절도 동기가 체불임금 때문이었고, 원상복구 해놨다는 점을 정상참작했습니다. 대신 그간의 경위와 죄를 뉘우친다는 조서 한 장 쓰는 걸로 마무리 지었고 얼마 후 기소유예처분을 받았습니다.

13개월 치 월급을 받지 못했습니다. 사업주는 전혀 미안해하지 않았습니다. 돈 될만한 건 이미 다 빼돌렸는 지 남은 게 없었습니다. 1억 원짜리 장비 한 대를 보관하고 있었습니다. 이거라도 처분할 목적으로 사업주 동의 없이 옮겼습니다. 이를 괘씸히 여긴 사업주는 저와 동료를 절도범으로 신고 했습니다. 경찰에서도 사정은 이해되지만 신고가 들어온 이상 조사가 불가피하고, 두 사람이 공모했기 때문에 특수절도죄가

성립된다고 했습니다. 난생 처음 경찰서에 불려가 조사를 받았습니다. 조사 받는 내내 눈을 어디에 둘지, 손에서 땀이 났고 목소리는 떨렸습니다. 한편으로 그 자리에 있는 게 분하고 억울했습니다. 자칫 재판이라도 받게 되면 가족은 물론 앞으로 어떻게 살아야 할지 막막했습니다.

저처럼 죄를 짓거나 실수하거나 잘못을 저지르지 않아도 누구나 가족의 도움으로 극복해 낼 수도 있고, 전문가에게 비용을 지불해서라도 이겨내게 됩니다. 9년 전 그 일을 겪을 때 의지할 이도 도움을 청할 사람도 없었습니다. 아내에게만 알렸고 마음 써주는 것 말고는 해줄 게 없었습니다. 어쩌면 막막할 때 실질적인 도움을 받는 것도 필요하지만, 나를 믿어주고 내가 의지할 이가 더 필요할 수도 있습니다. 힘들 때 나를 더 힘들게 하는 건 믿고 의지할 존재가 없다는 게 아닐까 싶습니다. 궁금합니다. 여러분에게도 막막하고 힘들 때 믿고 의지할 존재가 있습니까?

전화위복이라고 했습니다. 큰일을 겪고 난 뒤 지금까지는 월급 때문에 고통 받는 일은 없었습니다. 그렇다고 앞으로 계속 좋은 일만 있으라는 법도 없지요. 그래서 대비해왔습니다. 내가 나를 지킬 방법을 말이죠. 저는 책에서 방법을 찾았습니다. 2018년부터 책을 읽으면서 앞으로 일어날 일에 대처할 수 있게 나를 단련해 가는 중입니다.

이 책에는 지난 7년 동안 1,500권 이상 읽어낸 저만의 방법을 담았습니다. 무턱대고 책부터 사서 읽을 게 아니라 도서관을 활용해 보길 권합니다. 책을 읽기 위해 시간 활용은 필수입니다. 자투리 시간을 활용해볼 수 있는 전자책 독서법도 소개합니다. 중고 서점을 이용하면 저렴하게 오래 두고 읽을 책을 소장할 수 있습니다. 한 권씩 읽어나가면 쉽게 지칠 수 있으니 다양한 관심사를 함께 읽는 것도 한 방법입니다. 무엇보다 손끝에 책을 두면 굳이 따로 시간을 낼 필요 없습니다. 마찬가지로 관심사끼리 묶으면 내용은 물론 시간도 절약되는 효과가 있습니다. 기록은 발자취입니다. 기록을 통해 꾸준히 읽는 동기부여도 되지요. 저는 무엇보다 간절함이 책을 계속 읽게 하는 힘이라고 생각합니다. 간절함은 저마다 다를 것입니다. 이유가 어떠하든 간절함은 책에서 얻을 수 있는 가치를 끊임없이 내것으로 만들게 합니다. 또 읽었던 책들 중 지금의 나를 있게 한 여덟 단어에 대해서도 적었습니다.

20년째 같은 일을 해왔지만 단 한 번도 내 일이라고 생각하지 않았습니다. 그런 탓에 직장도 아홉 번 옮겼고 그 과정에 절도죄까지 짓게 되었습니다. 다른 일을 해보고 싶다는 생각만 할 뿐 행동으로 옮기지 않았습니다. 행동하지 않으면 아무 일도 일어나지 않습니다. 이제까지 저에게도 그저 그런 날이 이어졌던 건 행동하지 않았기 때문입니다. 남은 인생은 그렇게 살고 싶지 않았습니다. 책을 통해 직업에 대해 다시 고민했습니다. 좋아하는 일, 할 수 있는 일에 대해 탐구했고 결국 찾았습니다. 고민하는 과정에서 배운 게 하나 있습니다. 선택하는 방법입니다. 누구나 선택 앞에서 망설이기 마련입니다. 어떤 선택이 옳은지 아무도 모릅니다. 그렇다고 선택을 안 할 수도 없습니다. 올바른 선택은 무엇인지 제 생각을 적었습니다. 네 식구가 함께해 온 시간 저만 힘든 게 아니었습니다. 아내와 두 딸도 저로 인해 상처받고 원망하기도 했을 겁니다. 책을 통해 가족이 보였습니다. 아내와 대화를 다시 시작했고, 두 딸의 마음을 이해하려고 노력했습니다. 상처 준 시간이 길었던 만큼 회복되는 기간도 길 겁니다. 곁에서 천천히 하나씩 바로잡아갑니다. 가족 곁에 오래 있으려면 저부터 건강해야 했습니다. 과식, 폭식, 야식, 음주 같은 나쁜 식습관을 고치기로 마음먹었고 실천하는 중입니다. 무턱대고 할 수 없었습니다. 다양한 책에서 배우고 하나씩 실천했습니다. 배움은 여러모로 저를 새로 태어나게 했습니다. 배우기 때문에 새 직업을 가졌고 배움을 통해 건강도 챙기고 가족관계도 회복할 수 있었습니다. 이 모든 시작은 독서와 글쓰기였습니다. 책만 읽었다면 이만한 변화를 기대하기 어려웠을 겁니다. 다행히 글을 쓴 덕분에 이렇게 책으로 남기게 되었습니다. 저를 바로세워준 출발점에는 단연코 글쓰기가 있었습니다.

이전에 내 삶이 못마땅했던 건 하루를 제대로 살지 않았기 때문입니다. 남는 시간을 낭비하고 배우려 하지 않았고 목표도 없이 흘러가는 대로 살았습니다. 그런 하루가 쌓였기 때문에 삶도 만족스럽지 않았습니다. 책을 읽으면서 하루의 가치를 깨달았습니다. 책 한 권 읽기 위해서도 시간과 노력이 필요합니다. 하물며 아무런 노력도 없이 좋은 인생을 살길 바라서는 안 됐습니다. 하루 1시간 책 읽고 1시간 글을 쓴다고 당장 달라지는 건 없습니다. 대신 그 시간이 한 달, 일 년 쌓이면서 서서히 변화가 일어났습니다. 주어진 하루에 할 수 있는 일을 했습니다. 그런 하루가 쌓인 덕분에 지금의 저가 있습니다. 그러니 무엇보다 하루를 어떻게 사느냐가 어떤 인생을 사는가로 이어집니다. 그래서 하루 경영에 대한 저만의 생각과 방법을 적었습니다.

믿을 구석이 있으면 든든합니다. 그게 사람일 수도 종교일 수도 지식이나 경제적 여유일 수도 있습니다. 그런 믿음 덕분에 때때로 마주하는 막막한 상황도 이겨내게 될 것입니다. 그런데 한 가지 중요한 사실이 있습니다. 우리가 믿는 것들은 결국 하나로 연결된다는 사실입니다. 바로 책입니다. 책을 통해 사람에 대해 배우고, 종교적 신념도 갖고, 삶에 필요한 지식과 지혜는 물론 경제적 여유까지 얻게 된다는 점입니다. 이 말은 책을 가까이 하면 우리가 겪게 될 막막한 일들을 이겨낼 힘을 갖게 된다는 사실입니다. 제가 그래왔고 앞으로도 그럴 것입니다. 책은 아무도 차별하지 않습니다. 언제든 선택받길 기다리고 있습니다. 여러분 곁에 책을 둔다면 책은 여러분의 든든한 믿는 구석이 되어줄 것입니다.

Special Thanks To

이 책에 실린 사진은 사진작가를 꿈꾼 저의 큰형이 생전에 찍었던 것들입니다. 각각의 사진에 담긴 의미도 함께 적으면 좋았겠지만, 해석은 독자 여러분의 몫으로 남기겠습니다. 다독가였던 큰형도 막내가 쓴 책에 담길 사진은 기쁘게 허락해 줄 거로 믿습니다.

그리고 추천사를 써준 분들은 제 곁에서 변화와 성장을 지켜봤습니다. 그들 덕분에 용기 냈고 지칠 때 힘을 얻고 선택에 확신을 가질 수 있었습니다. 그렇기에 저에게는 존재만으로도 남다른 의미가 있습니다. 그동안의 고마움을 표현하는 저만의 방식으로 추천사를 부탁드렸습니다. 지면이 한정되어 더 많은 분을 싣지 못한 점 너른 이해를 바랍니다.

마지막으로 한결같이 사랑해 주신 어머니 최희영 여사, 지치지 않는 끈기로 건축사가 된 하나뿐인 작은형과 매 순간 응원과 지지를 보내 준 형수, 항상 믿고 따라준 아내 이은애와 두 딸 보민, 채윤, 이 둘을 건강하게 키워주신 장모님 김영자 여사님께 깊은 감사를 전합니다.

추천사

추천한다는 것은 참으로 어려운 일입니다. 알맞은 사람을 책임지고 밀어 천거하는 것이기에 막중한 책임감이 따릅니다. 그런데도 김형준 작가의 책에 선뜻 추천사를 쓰겠다고 마음먹은 건 그의 성장 과정을 누구보다 잘 안다고 생각하기 때문입니다.

그와는 책을 읽고 글쓰기를 시작할 무렵 자기 계발 모임에서 인연이 시작되었습니다. 책을 통해 인생을 바꾸어 보겠다는 마음가짐이 비슷했기에 이후 관심 두고 계속 지켜보았습니다.

세상에는 말이 앞서는 사람, 속보다 겉이 화려한 사람이 많지만, 그는 말보다는 글, 겉보다는 속이 꽉 찬 사람이었습니다. 세상에 부대끼면서 힘이 떨어질 때 자기계발서를 찾아 읽으면서 힘을 내듯이 의심으로 힘들어지는 순간마다 그를 보면 묵묵히 가고 있는 모습이 보였습니다.

롤모델은 한 명이 아니라 성장의 시기마다 다른 롤모델을 찾아야 한다고 합니다. 이처럼 독서로 인생을 바꾸고 싶은 분은 쳐다보기도 힘든 거인보다 내 곁에서 묵묵히 내 길을 만들어가고 있는 이웃의 이야기가 더 힘이 된다고 생각합니다. 책에 담긴 이야기들이 자신의 경험을 통해 깨달은 것이기에 현실적인 도움이 되리라 확신합니다.

과연 이게 길이 될까? 의심이 드는 독자에게 이 책이 길을 비추어주는 친절한 등불이 될 거로 생각하며 곁에 두고 늘 함께하길 바랍니다.

시니어 문화 사업가 / 수브레인 대표 **유지윤(꼬알여사)**
《경력이 없지 경험이 없나》,
시니어 컬러링 북 《인생 그림 에세이》시리즈 8권 저자

미국의 정치학자 잉글하트 교수는 "조용한 혁명"이라는 말로 세상의 변화를 짚어냈고, 프랑스의 철학자 볼테르는 "말하는 것처럼 써라"라는 격언으로 말과 글의 조화에 방점을 찍었습니다. 김형준 작가 역시 말하는 것처럼 글을 가다듬으면서 삶의 전반에 걸친 조용한 혁명을 이루고 있습니다. 이 책에는 2018년부터 시작된 그의 독서, 글쓰기, 건강관리의 실전 경험들과 함께 독자에게 전하는 어떻게 열정을 불살라야 하는지에 관한 메시지가 담겨 있습니다. '열정'의 진짜 의미는 "하기 싫어도 꾸역꾸역 쌓을 수 있는 것"입니다. 그리고 김형준 작가는 그 누구보다도 "꾸역꾸역 쌓기"에 일가견이 있는 아저씨입니다. 이제 이 책을 통해 그의 삶은 또 한 겹 쌓아 올려졌습니다. 지금 누군가의 '랜드마크'가 되어버린 이 책과 함께 한 겹씩 삶을 쌓다 보면 어느덧 다른 누군가의 '랜드마크'로 우뚝 선 자신을 볼 수 있을 것입니다.

양정고등학교 교사 **하경환**

매일 책을 읽고 글을 쓰면서, 도서 콘텐츠를 만들기 시작한 지 8년째입니다. 처음 독서를 시작하는 사람들이 자주 물어보는 질문은 '무슨 책을 읽어야 하나요?'라는 질문이죠. 다음으로 '책을 도서관에서 빌려서 보나요?' '책을 사서 봐야 하나요?' 같은 질문이고, '책을 완독해야 하나요?'라는 질문도 꽤 나옵니다. 도대체 어떤 책이 좋은 책이고, 책을 살지 말지 손가락이 간질간질합니다. 읽을 시간보다 책이 출간되는 속도가 더 빠르니 가능하면 더 좋은 책을 읽고 싶은 마음이 커서겠지요. 인생을 살다가 막막할 때, 의지할 곳을 찾고 싶다면 이 책이 그 가려움과 고민을 깔끔하게 해소해 줍니다. 다양한 책을 어떻게 매일 실생활에 활용하고, 쉽게 흔들리지 않는지 궁금한 점을 찾아 해결책을 제시해 줍니다. 책을 읽는 동안 '어, 나도 그랬는데.'를 연발하며 공감하며 읽었고, 제가 미처 읽어보지 못한 다양한 책을 발견했습니다. 지금보다 조금 더 나은 삶을 살고 싶지만, 어떻게 시작할지 모른다면, 이 책 《인생이 막막할 때 책을 만났다》를 펴보면 좋겠습니다. 지금 바로, '내 인생의 믿는 구석 여덟 가지'를 만나게 될 겁니다.

와이 작가 **이윤정**
〈파이어 북 라이팅〉 책 쓰기 코치
《평단지기 독서법》, 《10년 먼저 시작하는 여유만만 은퇴 생활》 저자

매일 성장하는 기쁨을 발견하며 사는 법

이 책은 바쁜 직장인들에게 독서와 글쓰기의 중요성을 깊이 있게 강조합니다. 작가는 자신의 일상에서 꾸준히 길을 찾아가며, 독서와 글쓰기가 어떻게 삶의 질을 향상하는지를 생생하게 보여줍니다. 특히, 개인적인 시행착오와 실패담을 솔직하게 나누어 독서의 가치를 진정성 있게 전달하고 있습니다. 이를 통해 독자는 작가의 경험과 감정을 고스란히 공유할 기회를 얻게 될 것입니다.

독서는 우리가 매일 성장하는 기쁨을 발견할 수 있는 가장 확실한 도구입니다. 이 책은 인생이 마음먹은 대로 흘러가지 않는 이들이나 독서를 처음 시작하려는 사람들에게 든든한 길잡이가 될 것입니다. 저를 책과 글쓰기의 세계로 인도해 준 김형준 작가의 새 책이 더 많은 사람들에게 훌륭한 독서 가이드로 자리 잡기를 진심으로 바랍니다.

인도 DPSI CFO **손철수**
〈월간책방 독서모임 / 일간글방 회원〉

2018년 여름, 김형준 작가를 처음 만났습니다. 1년에 300권을 읽고 이를 블로그에 기록하는 모습을, 그리고 1천5백권이 넘는 책을 보며 지금까지 끊임없이 글을 쓰는 그를 지켜봤습니다. '매일 책을 읽고 매일 글을 쓰는 꾸준함의 동력은 도대체 어디에서 나오는 걸까?' 늘 궁금했습니다. 참으로 놀랍습니다. 누군가에게는 스치듯 지나가는 책 한 권이 그에게는 인생을 송두리째 바꾸는 놀라운 힘을 발휘했습니다. 그리고 김형준 작가는 그 놀라운 힘을 이 책을 통해 다 꺼내 놓았습니다. 우린 책을 통해 배우고 때로는 위로도 받고 용기도 얻습니다. 하지만 딱 여기까지였다면, 김형준 작가의 책과 꾸준한 독서 습관으로 더 큰 세상과 마주할 변화될 나를 기대해 보는 것도 좋을 것 같습니다. 좋은 책 써줘서 감사드리며 출간을 축하합니다.

공영홈쇼핑 쇼호스트 **이서경(해나경)**
〈고시원 사업가 & 창업 강사 / 홍대 파티룸 타플 대표〉

CONTENTS

PART 3 평생 습관이 되는 독서 기술 10

PART 4 나를 살린 여덟 단어

PART 5 책에서 배우는 하루 경영

PART 6 인생, 다시 길을 찾다

PART 1

사는 게
막막해서
책을 폈다

어쩌다 보니 책이었다

어쩌다 한 번이 인생을 송두리째 바꿔놓습니다. 우연히 본 영화 한 편에 직업을 바꾸고, 어쩌다 한 선행이 뜻밖의 행운을 가져다 줍니다. 지인의 한 마디에 얼음이 녹듯 생각이 달라지는 일도 있습니다. 어쩌다 한 번으로 누군가는 180도 다른 인생을 살게 됩니다. 또 누군가는 잘못된 선택으로 나락에 빠지기도 하고요. 시작은 어쩌다이지만 결과는 선택과 의지에 따라 달라지는 것 같습니다. 같은 기회를 잡아도 결과가 달라지는 걸 보면 말이죠. 남들에게만 생기는 줄 알았던 일이 어쩌다 보니 저에게도 일어났습니다.

2021년 11월, 술을 끊었습니다. 평생 못 끊을 줄 알았습니다. 20살부터 마시기 시작해 지금까지 이어졌습니다. 담배를 안 피우니 술이라도 마셔야 인간관계가 유지될 줄 알았습니다. 생각해보면 이유를 정해 술자리를 갖는 것보다 즉흥적으로 만나는 게 더 많았습니다. 스트레스 받았다고 한잔, 동료가 기분이 안 좋다고 한잔, 친구가 월급 받았다고 한잔, 일찍 끝났다고 한잔, 비가 온다고 한잔 등등. 술을 마시기 위해 갖은 핑계를 만들었습니다. 그러다 자기 계발을 시작했습니다. 6시에 일어나는 걸 시작으로 요즘은 4시 반에 일어납니다. 일어나야 할 명확한 목적 때문에 시간을 조금씩 당겼습니다. 문제는 잠자리에 드는 시간입니다. 별 의미 없이 술자리를 갖다 보면 자는 시간도 늦어지고 늦게까지 먹는 탓에 몸도 더 피곤했습니다. 시간이 갈수록 술이 주는 유익이 없어 보였습니다. 그래서 어느 날 술을 끊겠다고 선언했습니다. 술만 안 마시면 자는 시간도 일어날 때 몸 상태도 일정하게 유지할 수 있을 것 같았습니다. 그래도 술자리는 인간관계를 유지하기 위해 꼭 필요하다고 여겼었습니다. 술을 끊겠다고 다짐하고 실천하고부터 생각도 달라졌습니다. 술을 마시지 않는다고 술자리에 빠질 이유가 없습니다. 사람을 만나 술을 마시는 게 술자리이지, 술을 마시기 위해 사람들이 모이는 건 아닙니다. 생각을 바꾸고부터 술을 마시지 않겠다는 결심을 더 단단히 했습니다. 의식과 의지를 믿고 금주를 결심하지 않았습니다. 저의 필요로 술을 끊는 게 맞다 여겼고, 생각한 대로 행동에 옮겼습니다. 어쩌다 보니 술을 끊었고, 이 글을 쓰는 지금까지도 여전히 금주 중입니다.

사람 앞에 나서는 성격이 아닙니다. 학교 다닐 땐 키가 작아 앞자리에 앉았을 뿐 늘 뒷자리를 바랐습니다. 예비군 훈련장에서도 구석진 자리만 찾았습니다. 내 돈 내고 강의 들어도 앞자리보다 눈에 띄지 않는 자리를 찾았습니다. 학교 다닐 때도 선생님 눈에 띄지 않으려고 최대한 몸을 낮추고 수업을 들었습니다. 실업계 고등학교에서 건축을 전공했습니다. 한 반 55명이 3년 동안 함께 지냈습니다. 정이 들 만큼 들었습니다. 졸업이 못내 아쉬웠습니다. 인연을 이어가자며 매년 한 번 이상 만나자고 약속했습니다. 그 약속을 실행으로 옮길 구심점 같은 친구가 필요했습니다. 나서길 싫어하는 저를 친구들은 만장일치로 총무로 뽑았습니다. 거절할 새도 없이 자리를 맡게 되었습니다. 그렇게 시작한 동창회 총무이자 회장 자리가 어느새 28년째입니다. 그사이 일 년에 한 번 이상 만났습니다. 장소를 알아보는 데 한 시간이면 충분했습니다. 만날 시간을 정해 일일이 연락하는 데 반나절도 안 걸렸습니다. 일 년에 단 몇 시간 투자하는 게 아깝지 않았습니다. 다행히 친구들은 저의 이런 수고에 매번 감사 인사를 빼놓지 않았습니다. 그들의 감사 한 마디에 28년 동안 이어올 수 있었고 수고를 보상받았습니다. 어쩌다 시작한 동창회가 평생을 이어가는 인연을 만들 수 있었습니다. 이제까지 든든한 친구를 곁에 두고 살아왔습니다. 앞으로도 그럴 것이고요.

어쩌다 읽기 시작한 책이 7년째 이어지고 있습니다. 은퇴가 고민됐지만, 답이 없던 때가 있었습니다. 20년 직장 생활을 했지만 내 일이 아니라고 여겼습니다. 더는 이 일을 하고 싶지 않았습니다. 다른 대안도 없이 말이죠. 책을 읽으면서 직업에 대해 고민하게 되었습니다. 내가 무엇을 잘 할 수 있는지 하나씩 되묻기 시작했습니다. 질문과 답을 해봐도 선명해지지 않았습니다. 하지만 어렴풋하게나마 도전해보고 싶은 걸 찾았습니다. 그렇게 작가와 강연가의 삶을 살게 되었습니다.

아이에게 날카로운 말을 내뱉었고, 아내에겐 무관심했었습니다. 내 감정이 먼저였고 내 생각만 했습니다. 상처를 주면서 상처가 되는지 몰랐습니다. 저와 비슷한 사람을 책에서 만났습니다. 그들이 어떤 문제를 겪었고 어떻게 나아졌는지 책에서 배웠습니다. 그동안의 나를 다시 돌아보게 되었습니다. 책을 읽지 않았으면 달라질 기회조차 얻지 못했을 겁니다. 책을 읽었다고 모두가 달라지는 것도 아닐 겁니다. 내가 무엇을 잘못했는지 알았다면 실천하는 게 순서입니다. 무엇이 더 나은 삶인지 스스로 묻고 답했습니다. 책을 통해 답은 이미 알고 있었습니다. 아는 대로 행동했을 때 진정한 변화라고 할 수 있습니다. 아직은 서툴지만 그래도 변화하려고 노력 중입니다. 어쩌다 읽은 책 덕분에 말이죠.

의지와 각오가 아닌 단순 호기심에 책을 읽기 시작했습니다. 그러니 목적도 없었습니다. 책이 무엇을 줄 수 있을지 기대하지도 않았습니다. 그때는 다른 대안이 없었기에 그냥 읽기만 했습니다. 읽다 보니 1,000권을 읽었습니다. 읽다 보니 글도 쓰고 책도 쓰게 되었습니다. 매일 읽고 쓰다 보니 어떤 삶이 더 나은지 고민하게 되었습니다. 더 나은 삶을 바란다면 아는 대로 행동하라고 알려줍니다. 지금의 저에게는 금주, 새벽 기상, 친구, 작가이자 강연가의 삶, 관계를 회복 중인 가족이 무엇보다 중요합니다. 이들의 가치를 지키기 위해 하루도 빠짐없이 읽고 쓰기를 이어가는 중이고요. 어쩌다 책을 읽기 시작했지만, 책을 떼어놓고 살 수 없는 삶이 되었습니다. 남들에게만 일어나는 줄 알았던 일이 지난 7년 동안 저에게도 일어났습니다. 아니 앞으로도 계속될 것 같습니다. 책을 읽고 글을 쓰는 동안에 말이죠.

삶은 일순간에 송두리째 변하기도, 묵은지처럼 더디게도 변합니다. 시작이 어떠하든 결과는 과정에 따라 달라집니다. 각오하고 시작해도 흐지부지 끝나기도 하고요. 어쩌다 도전했지만, 누구 못지않게 성과를 내기도 합니다. 그 차이는 기회를 대하는 태도라고 생각합니다. 술을 끊기로 마음먹었지만, 핑계 대고 다시 마실 수도 있습니다. 동창회장을 맡았지만 불평하며 떠넘길 수도 있습니다. 책을 읽는다고 모두가 바

라는 걸 얻는 것도 아닐 테고요. 결국 '어쩌다'보다는 '어떻게'
가 더 중요했습니다. 주어진 기회를 어떻게 활용할지에 따라
지금과 다른 삶을 살 수 있는 '기회'를 갖게 될 것입니다.

읽는 것 말고는 할 게 없었다

　직장에서 할 일이 없었습니다. 영업도 안 되고 수주도 없어서 손가락만 빨았습니다. 그나마 오피스텔에서 합숙했던 때라 먹고 자는 건 해결했습니다. 그때 분위기는 하릴없이 게임으로 시간 보내는 대학 동아리방 같았습니다. 전 직원 고작 4명, 누구 한 명 예외 없이 각자 컴퓨터에 게임을 깔았습니다. 밥 먹는 시간 말고는 게임에 빠져 지냈습니다. 책상에서 아침을 맞길 수십 차례, 폐인이나 다름없었습니다. 돌이켜보면 가장 후회되는 시간이었습니다. 그때 만약 게임 대신 일에 매달렸다면 결과가 달라졌을까? 할 줄 아는 게 없었어도 해보려고 노력했다면 다른 결과를 얻지 않았을까? 나에게 끈기, 오기, 투지 같은 게 있었다면 게임에 빠지지도 않았을 겁니다. 어쩌면 그때는 상황을 핑계 삼아 극복할 노력을 하지 않았습니다. 정말 바라는 게 있었다면 상황 탓 말고 혼자

서라도 어떻게든 노력했을 겁니다. 결국 사업은 망했고 저도 그 책임에서 벗어날 수 없었습니다.

그 뒤로도 여러 직장을 옮겨 다니는 동안 남 탓을 핑계로 활용했습니다. 이미 망해가는 회사인 줄 모르고 입사를 결정했던 것도 내 잘못입니다. 원하는 회사라고 말해놓고 두 달을 견디지 못해 뛰쳐나온 것도 내 탓입니다. 규모가 작은 회사라 여겨 상사와 다투고 내 멋대로 도망쳐 나온 것도 변명의 여지가 없습니다. 어쩌면 이런 행동들이 끈기가 부족했기 때문입니다. 그때의 상황은 차치하더라도 끈기가 있었다면 어떻게든 남아 있으려고 했을 겁니다. 그런 선택들이 쌓여 이전의 직장 생활에 만족하지 못했습니다.

원인 없는 결과 없습니다. 그동안 만족스럽지 못했던 결과에는 나름의 원인이 다 있었습니다. 그런 원인과 상관없이 우연히, 아주 우연히 이를 만회할 기회가 찾아오기도 합니다. 2018년 1월 1일부터 책을 읽었습니다. 목표나 각오를 정하지 않았습니다. 읽다가 언제든 포기할 수도 있었습니다. 별 기대 없이 읽었던 탓일까요, 6개월 만에 100권을 읽었습니다. 스스로도 놀랐습니다. 나에게도 이런 면이 있는 줄 그때 알았습니다.

이전까지 일 년에 책 한 권 읽지 않았었습니다. 지하철이 정해진 승차장에 정차하지 않고 지나는 경우만큼 서점을 찾았던 것 같습니다. 어쩌다 책에 꽂히면 각오가 비장했습니다. 반드시 이번 기회에 손에 든 책을 다 읽겠다고 다짐하며 책을 골랐습니다. 평소에 관심사가 있었다면 그에 맞는 책을 골랐겠지만 그런 건 없었습니다. 서점을 찾는 것도 즉흥적이었고, 책을 고를 때도 오래 고민하지 않았습니다. 그렇게 데려온 책을 끝까지 읽었을까요? 야근, 회식을 핑계로 슬며시 모른 척했습니다. 그러고는 다시 눈길도 주지 않았습니다. 수개월 지나 다시 서점에 갈 기회가 생기면 똑같은 행동을 반복했습니다. 그러니 책을 수십 권 읽는 저가 신기할 따름이었습니다.

독서를 우연히 시작했던 터라 비장함이 없었습니다. 관심사는 오로지 자기 계발이었습니다. 책을 읽으면 어떻게 달라질지 이것 하나만 궁금해했습니다. 남들의 이야기가 나에게 어떻게 적용될지 알고 싶었습니다. 이상향이 있지 않았습니다. 기대하면 반대로 실망도 클 테니까요. 오로지 지금 읽는 책에만 집중했던 시간이었습니다.

운전석에 앉으면 시동을 걸고 곧바로 오디오북 앱을 실행시킵니다. 라디오를 안 들은 지 5년이 넘었습니다. 운전을 안 하면 가방에서 책을 꺼냅니다. 출근도 남들보다 1시간 일찍 합니다. 동료 눈을 피할 수 있는 장소를 찾아 업무 시간 전까지 책을 읽었습니다. 점심을 먹고 수다 떨거나 인터넷 검색하는 대신 안 보이는 곳에서 또 읽었습니다. 운이 좋았습니다. 외근이 잦았습니다. 지하철, 자가용을 이용해 이동 중에도 항상 책을 읽었습니다. 그때는 없던 외근도 만들었습니다. 이동하는 중 읽는 책이 집중도 잘 됐습니다. 퇴근길도 마찬가지로 눈과 귀로 책을 읽었습니다. 집에서도 밥만 먹고 책상에 앉았습니다. 그때는 다른 생각할 겨를이 없었습니다. 아내의 눈총도 못 느꼈고, 아이들이 놀아달라는 소리도 안 들렸습니다. 책 읽는 모습을 보여주는 게 더 낫다고 생각했었습니다. 아내와 두 딸은 생각이 좀 달랐던 것 같습니다. 나중에 알았지만, 그때 내 모습은 반쯤 정신 나간 사람 같았다고 했습니다. 그렇게 느끼는 게 당연했습니다. 저도 제가 낯설었습니다. 한편으로 대견하고 다른 한 편으로 의심도 들었습니다. 다행히 의심은 이내 믿음이 되었습니다. 그 결과로 6개월 만에 100권을 읽을 수 있었습니다.

처음에는 3~4일에 한 권 읽었습니다. 40년 가까이 책을 멀리했으니 머리에 든 게 없었습니다. 그걸 채우려면 느려도 한 글자씩 읽겠다고 다짐했습니다. 시간이 걸려도 기어코 한 권을 완독했습니다. 한 권을 다 읽으면 쉴 틈 안주고 다음 책을 꺼내 들었습니다. 재료를 준비하고 첫 김밥을 말기까지 시간이 걸립니다. 두 줄 세 줄 싸다 보면 이내 속도 붙고 준비한 재료가 순식간에 사라집니다. 책도 마찬가지였습니다. 반복해서 읽다 보니 속도가 붙기 시작했습니다. 한 권 분량 온 평균 250페이지 내외입니다. 3일 걸리던 게 하루 반 만에 읽을 정도로 빨라졌습니다. 두께가 얇은 책은 하루 만에 읽기도 했습니다. 한 권씩 완독했지만, 숨어서 읽고 짬 내 읽고 눈치 보지 않고 읽어서 제법 빠른 속도로 읽어나갈 수 있었습니다. 이만큼 읽어낼 수 있었던 건 아마도 제 안의 끈기를 발견했기 때문입니다. 우연히 시작한 독서 덕분에 이전의 만족스럽지 못했던 삶을 뒤로하고 다시 한번 새 인생을 살 기회를 얻게 되었습니다.

산악인 엄홍길은 히말라야 8,000미터급 16좌 완등에 세계 최초로 성공했습니다. 38번의 실패와 16번의 성공을 경험했습니다. 원정대는 평균 10명 안팎으로 구성해 국내에서 3~4개월 합숙합니다. 여러 산을 등반하며 팀워크를 맞춥니다. 다시 현지로 이동해 현지 세르파가 합류하면 본격 산행이 시작됩니다. 등반 과정은 5,000미터 고지에 베이스캠프를 설치하는 것으로 시작하여 2, 3, 4차 캠프를 개설하며 산을 오릅니다. 마지막 정상 등반을 앞두면 컨디션이 가장 좋은 대원으로 선별해 정상을 공격한다고 합니다. '진인사대천명' 엄홍길 대장은 사람이 할 수 있는 모든 노력을 한 뒤 성공과 실패는 하늘에 맡겼다고 합니다. 수개월 철저한 준비와 훈련을 해도 성공을 장담할 수 없었습니다. 그저 주어진 역할에만 최선을 다했습니다.

생명을 담보한 원정에는 모든 준비가 완벽해야 합니다. 반대로 뒷산에 오르기 위해서는 어떤 준비가 필요할까요? 오래 걸어도 발이 편한 신발과 땀 흡수가 잘 되는 옷 정도면 충분할 것입니다. 여유 있게 산행을 즐기려면 적당한 체력도 따라주면 좋을 테고요. 이 정도의 준비를 위해 어느 정도 기간이 필요할까요? 아마도 준비가 필요한 사람보다 당장 시작할 수 있는 사람이 더 많을 겁니다. 완벽한 팀워크와 생명을 위협받을 만큼의 준비와 위험이 따르지 않을 테니까요. 산을 오르겠다는 결심과 한 발을 뗄 용기면 충분할 것입니다. 그러고 나서 신발도 바꾸고 옷도 새로 사면 됩니다. 그렇게 계속 오르다 보면 지리산, 한라산을 넘어 히말라야까지 오를지 누가 알까요?

"무언가를 이루고 싶다면 반드시 노력과 열정, 시간을 대가로 치러야만 합니다. 대자연은 항상 이와 같은 인과의 이치를 가르쳐 줍니다."

– 엄홍길

출처: 금강신문(https://www.ggbn.co.kr)

읽는다고 달라질까?

의심에는 양면성이 있습니다. 하나는 문제의 답을 찾는 의심입니다. 내 생각과 다를 수 있다는 의심이 다른 답을 찾게 합니다. 다른 하나는 가능성을 차단하는 의심입니다. 해보지도 않고 할 수 없다고 단정 짓는 겁니다. 답을 찾는 게 아니라 정해진 답에 자신을 끼워맞추는 것입니다. 저도 책을 읽기 시작하고 두 가지 의심을 했습니다. 책이 원하는 답을 줄 수 있을까, 또 책을 꾸준히 읽을 수 있을지 궁금했습니다.

무작정 읽으면서 낯선 세상을 만났습니다. 직장을 다니며 12가지 사업을 시작했다는 패트릭 맥기니스, 세계 최고 인재들은 어떻게 기본기를 실천하는지 알려준 도스카 다카마사. 창업을 시작하기 전 한 권의 노트를 준비하라는 오에노 미츠오. 먹는 것에 대해 다시 생각하게 해준 이재성의 《살 빠지는 식사법》. 내가 얼마나 나쁜 아빠였는지 알려준 김범준 작가의 《모든 관계는 말투에서 시작된다》. 또 나처럼 이제 막 도전을 시작한 이들을 위해 브랜든 버처드는 《두려움이 인생을 결정하게 하지 마라》라고 말해주었습니다. 또 할 엘로드의 《아침 글쓰기의 힘》에서 새벽 시간의 가치를 배웠고, 《말그릇》《만만하게 보이지 않는 대화법》《2억 빚을 진 내게 우주님이 가르쳐준 운이 풀리는 말버릇》 같은 책은 사람과 대화를 잘하지 못하는 나에게 용기를 주었습니다. 그리고 세상에서 돈 버는 게 가장 쉽고 빠르게 부자가 될 수 있다고 알려준 엠제이 드마코의 《부의 추월차선》은 신세계를 보여줬습니다. 디지털 노마드, 노트북 하나면 자는 동안에도 돈을 벌 수 있다고 합니다. 직장인에겐 꿈 같은 말입니다. 직장을 다니면서 시시때때로 통장에 돈이 들어온다면 즐겁게 직장을 다닐 수 있을 것 같았습니다. 당당하게 사표 쓰고 뒤도 안 돌아보고 걸어 나가는 저를 상상하기도 했습니다. 단지 닥치는 대로 책을 읽었을 뿐인데 저의 미래는 거침없어 보였습니다. 이런 저를 다시 현실로 데려다 놓은 게 또 다른 의심이었습니다.

직장을 다니면서 12가지 사업이 정말 가능할까? 노트 한 권만 잘 정리하면 창업도 쉽게 할 수 있다고? 음식만 잘 가려 먹어도 살이 빠지고 건강해질 수 있다고? 말투 하나 바꾸면 모든 관계가 좋아질 수 있다는 게 사실일까? 새벽 기상만 하면 하루를 26시간으로 살 수 있다고? 나만의 콘텐츠를 찾으면 자는 동안에도 통장에 돈이 들어온다고? 이 모든 걸 책만 읽는다고 가능할까? 나에게 그럴 만한 재능이나 가능성이 있을까? 온갖 질문과 의문이 들었습니다. 그들이 책에서 말하는 건 그들만의 이야기일지도 모릅니다. 나처럼 가진 게 없고 재능도 부족하고 끈기도 아이디어도 없는 사람에게는 해당하지 않는다고 생각했습니다. 무작정 바람만 집어넣는 풍선은 터지기 마련입니다. 별다른 의심 없이 희망만 계속 불어넣으면 결국엔 흔적도 없이 터지고 말 것 같았습니다. 무엇보다 그때의 저는 도전할 용기가 부족했습니다. 아니 그럴 만한 돈도 시간도 없었습니다. 헛꿈만 꾸는 것 같아 책 읽기를 멈췄습니다. 이제껏 읽은 책이, 앞으로 읽을 책이 수입을 늘려주지 않을 거였습니다. 책 몇 권 읽었다고 180도 다른 사람이 되지도 않습니다. 유명인의 책에서 동기부여 받았다고 없던 용기가 생기는 것도 아니었습니다. 나쁜 말로 아이에게 상처 준 내가 말투 하나 바꿨다고 다정한 아빠가 되는 건 더욱 아니었습니다. 의심은 꼬리에 꼬리를 물었습니다. 결국 책을 내려놓게 되었습니다.

저녁만 먹고 책상에 앉던 내가 TV 앞에 앉았습니다. 퇴근하고 곧장 책을 폈던 내가 술친구를 찾았습니다. 거래처 가는 길에도 고개를 숙이고 스마트폰만 봤습니다. 한편으로 TV 보고 술 마시고 스마트폰 들여다보는 동안 마음이 불편했습니다. 이게 맞는 건지 또 다른 의심이 들었습니다. 혼란스러웠습니다. 살던 대로 살아야 할지, 살아보지 못했던 삶을 선택해야 할지 몰랐습니다. 책만 읽는 나를 보면 가족은 더 불안해하지 않을까? 아무런 변화도 생기지 않으면 그때 뭐라고 말해야 하지? 질문에 제대로 답하지 못했습니다. 누구에게도 묻지 않았습니다. 정답이 있는 질문이 아니라고 생각했습니다. 아마 그때 비슷한 경험을 했던 누군가의 조언을 들었다면 좀 더 빨리 의심에서 벗어날 수 있었을 겁니다. 며칠 동안 이어진 고민 끝에 한 가지만 생각하기로 했습니다. 어디서 무얼 하든 적어도 마음이 불편한 건 하지 말자. TV 보고 술 마시고 게임하는 게 불편하면 하지 말자. 대신 그 시간에 책을 읽기로 마음먹었습니다. 당장 달라지는 건 없습니다. 직장만 다녀도 당장 달라지는 게 없기는 마찬가지였습니다. 이왕이면 같은 시간 책에서 하나라도 배워두면 뭐라도 남겠다 싶었습니다. 그렇게 다시 책을 들었습니다.

선택의 순간에 서면 두 가지 의심이 듭니다. 하나는 새로운 가능성을 발견하는 '기회'라는 의심, 다른 하나는 내가 정말 할 수 있을지 가능성을 '차단'하는 의문입니다. 둘 중 하나를 선택해야 합니다. 저는 그전까지 후자의 의심을 선택해 왔습니다. 그래서 늘 같은 자리를 맴돌고 비슷한 모습으로 살았습니다. 책 읽기 시작하고 두 달 만에 의심이 들었고, 만약 포기를 선택했다면 지금 이 글도 못 썼을 겁니다. 다른 선택을 했습니다. 확신은 없었지만, 대안도 없었습니다. 운이 좋았습니다. 그 선택 덕분에 지난 7년 동안 매일 책을 읽으며 1,000명 이상 저자를 만날 수 있었습니다. 그러는 동안 나은 선택을 하는 지혜를 배웠고, 도전하는 용기를 얻었고, 내가 틀릴 수 있다는 겸손을 이해하게 되었습니다. 결국, 의심은 새로운 나를 발견하고 답을 찾는 가능성이었습니다. 만약 지금 의심 때문에 망설인다면 일단 시작하길 권합니다. 안 해봤기에 자신의 가능성을 모르는 것일 수 있습니다. 의심은 가능성을 갉아먹지만, 시도는 가능성을 키워 줄 영양분이 될 것입니다.

현실 인식에 도움이 될 질문

내가 처한 상황을 한 문장으로 요약한다면?

내가 통제할 수 있는 건 무엇이고, 통제할 수 없는 건 무엇인가요?

현재 감정이 문제를 왜곡시키고 있나요?

이 상황을 제삼자가 본다면 어떻게 평가할까요?

나의 궁극의 목표는 무엇이며, 지금 일이 어떻게 기여하고 있나요?

내가 원하는 삶은 어떤 모습이며, 현재 상황이 그 방향과 일치하나요?

이 상황에서 앞으로 나아가고 싶은 방향은 어디인가요?

이 문제를 해결하기 위한 가장 작은 행동은 무엇인가요?

이제까지 시도하지 않았던 해결책에는 무엇이 있을까요?

도움을 구할 수 있는 사람이나 자원은 무엇일까요?

지금 스트레스나 불안의 원인은 무엇이고, 실제로 중요한 문제인가요?

내 감정이 상황을 부풀리거나 과소평가하게 하지 않나요?

이 문제를 해결했을 때 감정은 무엇이고, 어떻게 더 자주 느낄 수 있을까요?

지금 문제에 대한 관점이 처음 접했을 때와 지금 어떻게 달라졌나요?

이 문제를 통해 배운 것과 성장한 부분은 무엇인가요?

이 상황에서 나의 강점과 약점은 무엇인가요?

지금 결정을 몇 년 후에 후회하지 않을까요?

이 상황이 몇 달, 몇 년 후 어떤 영향을 미칠까요?

이 상황이 나중에 더 큰 기회를 가져다줄 가능성은 있나요?

지금 내 모습은
이제까지 살아온 결과다

인생에 정답은 없습니다. 사람 수만큼 사는 방법이 있을 뿐입니다. 답은 없지만, 더 나은 방법을 찾기 위해 질문을 합니다. 질문에 답을 얻기 위해 경험하고, 조언을 구하고, 책을 활용합니다. 저도 주변 사람에게 조언을 구하면서 더 나은 삶이 무엇인지 고민해 왔습니다. 그동안 착실히 월급 받고 저축하고 퇴직 후 직업을 고민하고 자녀와 부딪치며 갈등과 화해, 고민을 반복하는 삶입니다. 그때는 다른 선택지가 없었습니다. 아니 몰랐다는 게 맞습니다. 만약 더 나은 방법을 알았다면 덜 고민하고 그럴듯한 삶을 살았을 겁니다. 다행히 답답해하던 그때 책을 만났습니다. 책은 움직임을 감지해 켜지는 센서등 같았습니다. 궁금해하는 질문에 답을 찾을 수 있게 나를 이끌어 주었습니다.

마흔셋이 될 때까지 좋아하는 일이 무엇인지 몰랐습니다. 스물여섯, 남들보다 빨리 사업을 시작했습니다. 4년 반을 매달렸지만 실패했습니다. 서른 살에 갖게 된 직업을 지금까지 이어오고 있습니다. 원하고 좋아서 선택한 일은 아니었습니다. 실업자를 벗어나고 빚을 갚고 밥을 먹고 학교에 가려면 다른 선택지가 없었습니다. 일하다 보면 좋아질 줄 알았습니다. 하나씩 배우면 더 잘 할 수 있을 줄 알았습니다. 처음에는 곧잘 했습니다. 계약직으로 시작해 11개월 만에 정직원이 되었습니다. 3년 반 만에 공사비 50억 현장 공무 담당자로 발령받았습니다. 하지만 딱 거기까지였습니다. 한 번 두 번 직장을 옮기기 시작하면서 실력을 키우기보다 그럴듯해 보이는 이력서를 꾸미는 데 열중했습니다. 정작 중요한 업무 역량은 남 일처럼 하면서 말이죠. 안에서 새는 바가지 밖에서도 샌다고 했습니다. 운이 좋아 새 직장을 구해도 실력이 드러나기까지 오래 걸리지 않았습니다. 남들과 구별되는 탁월한 역량이 없었습니다. 있어도 그만 없어도 표가 안 나는 그런 사람이었습니다. 정말 좋아하는 일을 했다면 아마 달랐을 겁니다. 어느 직장에 있든 그 자리에서 빛나는 사람이 되려고 노력했거나, 중간에라도 좋아하는 일을 찾았다면 무슨 수를 써서라도 그 일에 뛰어들었을 겁니다. 불행히도 그런 일은 일어나지 않았습니다. 근근이 직장을 옮겨 다녔고 겨우 밥벌이 했습니다.

마흔셋, 손에 잡히는 대로 무작정 책을 읽었습니다. 읽으면 읽을수록 내가 어떤 사람인지 궁금해졌습니다. 책은 저에게 질문을 던졌습니다. 질문을 할 줄 몰랐고 질문받는 게 두려웠던 제게 책은 수많은 질문을 남겼습니다. '너는 꿈이 있니?', '너를 한마디로 정의 할 수 있니?', '너는 어떤 일할 때 가슴이 뛰었니?', '앞으로 하고 싶은 게 있니?', '하고 싶은 걸 못 하게 막는 게 무엇이니?', '못 하는 게 아니고 안 하는 건 아니니?' 읽으면 읽을수록 질문이 쌓였습니다. 피한다고 피해지지 않았습니다. 당장은 모른 척 할 수 있지만 언젠가 똑바로 마주해야 할 질문이었습니다. 그래서 용기를 냈습니다. 하나씩 답을 찾아보기로 했습니다.

좋은 아빠가 되겠다는 두루뭉술한 꿈이 있었습니다. 어떻게 할지 구체적으로 생각해보지 않았습니다. 자세히 적어봤습니다. 아이들이 성인이 되기까지 적어도 10개국 이상 여행을 시켜주고, 하고 싶은 일에 아낌없이 지원하는 아빠가 되자고 적었습니다. 그러기 위해 월급쟁이가 아닌 내 일 하는 직업인이 되겠다고 다짐했습니다. 다짐을 실천하기 위해 좋아하는 게 무엇인지 고민했습니다. 아니 직장을 그만두고 나이 들어도 할 수 있는 직업을 찾기 시작했습니다. 책에서 힌트를 얻었습니다. 글로 먹고사는 작가이면서 강연가를 선택했습니다. 당연히 나이 들수록 더 가치가 높아지는 일이었습니다. 하고 싶은 일을 하면서 경제적으로 안정되면 아이들에게 약속한 걸 해줄 수 있습니다. 돈으로 가치를 따지기보다 하고 싶은 일을 하는 모습을 보여주는 게 더 의미 있다고 생각했습니다. 그런 저의 모습은 아이들에게도 영향을 줄수 있을 거로 믿었습니다. 두 딸 인생에 잔잔하게 영향을 주는 아버지가 되는 것도 제가 바라는 '좋은 아빠'였습니다. 여전히 같은 직장에 다니며 똑같은 일상을 반복하고 있습니다. 월급에 의지 중이지만, 직업을 찾은 덕분에 한결같은 모습을 보여왔습니다. 물론 아이들과의 관계도 나아지는 중입니다.

두루뭉술했던 꿈을 구체화하면서 하고 싶은 일을 찾았습니다. 이전까지 가슴 뛰는 일을 찾지 못했지만, 읽고 쓰는 게 누군가에게 영향을 줄 수 있다는 데 설레었습니다. 실패한 도전 대신 매일 꾸준히 읽으며 쌓이는 책을 보니 나도 할 줄 아는 게 있다는 걸 알게 되었습니다. 강연, 멘토링, 온라인 쇼핑몰 등 못 하는 게 아니라 안 해봤을 뿐입니다. 하나씩 시도하고 성과를 내면서 단점은 있지만, 장점도 있는 사람임을 알았습니다. 장점을 개발한 덕분에 사람 앞에 설 수 있었고 지금 이렇게 책을 쓰게 되었습니다. 저는 못 하는 것도 있지만 할 수 있는 게 더 많은 사람입니다. 앞으로도 할 수 있는 게 더 많은 가능성이 충분한 그런 사람입니다.

살면서 피하지 말고 해야 하는 것들이 있습니다. 진학을 위

42

한 전공 선택, 진로를 위한 직업 선택, 결혼했다면 아이를 낳을지 말지, 은퇴를 앞뒀다면 어떤 직업을 다시 선택할지입니다. 피하고 싶다고 피해지는 게 아닙니다. 좋든 싫든 마주하고 스스로 답을 찾아야 합니다. 하지만 그 과정은 쉽지 않습니다. 불편하고 의심이 들고, 내가 찾은 답이 맞는지 확신이 서지 않을 겁니다. 굳이 이렇게까지 해야 하나 싶습니다. 하지만 저처럼 모른 척 눈을 감고 살아봐야 남는 건 실패와 후회뿐입니다. 마흔셋, 나를 알기에 늦었을 수도 빠를 수도 있는 나이입니다. 그나마 더 늦기 전에 내가 어떤 사람인지 알 수 있어서 다행입니다. 망설이고 있어 봐야 시간만 흐릅니다. 언젠가 한 번은 나와 마주해야 한다면 빠르면 빠를수록 좋습니다. 어떤 일이든 시작하는 지금이 가장 빠르다고 했습니다. 내가 누구인지 빨리 알면 알수록 할 수 있고 해보고 싶은 게 더 많아질 것입니다. 설령 실패해도 다시 시도할 시간과 기회가 있을 테니까요. 매를 먼저 맞기 싫어 순서를 바꿔도 맞고 나면 아픈 건 마찬가지입니다. 그러나 내가 어떤 사람인지 아는 건 빠를수록 좋습니다. 그래야 하루라도 더 원하는 모습으로 살 수 있을 테니까요.

내가 어떤 사람인지 잘 모르겠다면 다음 세 가지를 해보길 권합니다.

첫째, 나에 대해 생각나는 대로 써보는 겁니다.

장점, 단점, 잘하고 못 하는 것, 즐거웠던 기억, 화가 났던 일 등 이제껏 살면서 어떤 모습으로 살았는지 되돌아보는 겁니다. 변화는 인식에서 출발한다고 했습니다. 지금껏 어떤 삶을 살았는지 아는 게 변화의 출발선이 될 것입니다.

둘째, 하고 싶은 일, 꿈, 바라는 모습에 대해 구체적으로 적어보는 겁니다.

적는 게 쉽지 않을 겁니다. 어색하고 불편할 수 있습니다. 그래도 용기 내 보세요. 적다 보면 처음보다는 선명해지는 걸 느낄 수 있습니다. 무엇을 원하는지 점점 또렷해질 겁니다. 그러니 어색하고 불편해도 삶이 달라질 기회라면 기꺼이 해볼 가치가 있다고 생각합니다.

셋째, 지금 당장 시도해 볼 수 있는 걸 찾아 시작해 보는 겁니다.

하나씩 시도하고 실패하고 반복하면서 나에게 어떤 능력이 있는지 알아가는 겁니다. 대단한 게 아니어도 됩니다. 일상에서 시도해 볼 수 있는 걸 하나씩 해보면 좋겠습니다.

질문 속에 답이 있다고 했습니다. 스스로에게 던진 질문에서 원하는 게 무엇인지 답을 찾을 수 있길 바랍니다. 분명 몰랐던 자신을 만나는 기회가 될 겁니다.

사는 게 막막할 때
책을 만났다

물에 젖으면 형체를 알아볼 수 없습니다. 조금만 힘을 줘도 찢겨나가기 일쑤입니다. 때로는 자리만 차지한다고 구박받습니다. 또 모으면 어찌나 무거운지 옮길 엄두가 나지 않습니다. 겉으로 보잘것없어 보여도 그 안에는 우주가 담겼다고 표현합니다. 수천 년의 지혜가 담겨 대대손손 이어져 왔습니다. 그런 덕분에 지금의 우리가 안락한 삶을 살고 있습니다. 살아 숨 쉬지 않지만, 생명력을 지녔습니다. 가까이 둘수록 삶이 더 고귀해집니다. 책은 우리에게 그런 존재입니다. 생명은 없지만, 우리에겐 생명수나 다름없습니다.

너무 흔해서일까요, 책과 가까이 지내지 않았습니다. 책이 좋다는 걸 잘 알았습니다. 아는 대로 행동하지 않았습니다. 그저 막연하게 때가 되면 읽게 되겠지 여겼습니다. 하지만 그때가 쉽게 오지 않았습니다. 오히려 책이 필요한 순간도 외면해 왔던 것 같습니다. 당장 힘들어 죽겠는데 책을 읽는다고 힘듦이 나아지지 않을 테니까요. 책이 나에게 어떤 효과를 줄지 알지 못했습니다. '나이가 들면 한가롭게 책이나 읽겠지'라고 막연하게 생각했습니다. 그렇다고 힘든 현실이 나아질 방법을 아는 것도 아니었습니다. 매일 불평불만이 쌓였습니다. 그러다가 어느 날, 별 생각 없이 책을 읽기 시작했습니다. 의지를 갖고 시작한 건 아니었습니다. 대안이 없었기에 대안이 될까 싶어서 읽었습니다. 그렇다고 특별한 걸 바랄 욕심도 없었습니다. 읽다가 포기하면 딱 거기까지만 하자라고 속으로 되뇌었습니다. 기대가 없으면 실망도 적다는 말이 맞았습니다. 기대 없이 시작했으니 특별한 일이 일어나지 않아도 아쉬울 게 하나 없었습니다. 그때는 오늘 책을 읽었으니 내일도 읽어보자는 식이었습니다. 그런 날들이 반복되었고 읽은 책이 쌓였습니다. 책에 빠져들기 시작한 건 아마도 100권을 넘기면서부터였던 것 같습니다. 그때는 이미 멈출 수 없는 지경에 이르렀습니다. 손은 이미 다음 책을 찾았고 눈은 벌써 책을 읽고 있었습니다. 의지와 상관없이 습관처럼 읽어나갔습니다.

책을 읽을수록 '기대'가 생겼습니다. 남들에게도 일어나는 기적 같은 일이 저에게도 일어나길 바랐습니다. 누군가는 1

년 만에 180도 다른 삶을 살았습니다. 또 누구는 책을 통해 몇 배의 수입을 올렸습니다. 또 다른 누구는 많은 이들의 존경을 받았습니다. 화려하지 않아도 적어도 과거의 저보다는 나아지길 바랐습니다. 하지만 기대와 달리 근사한 변화는 일어나지 않았습니다. 1년, 3년, 5년이 지났습니다. 100권, 500권, 1,000권을 읽었습니다. 여전히 월급쟁이입니다. 수입도 월급이 전부입니다. 미처 몰랐습니다. 월급쟁이인 것 말고는 모든 게 바뀌어 있었습니다. 저는 하고 싶은 일을 찾았습니다. 은퇴 후 남은 일생 동안 하고 싶은 일로 작가이자 강연가가 되기로 했습니다. 그러기 위해 매일 읽고 쓰는 일상을 살고 있습니다. 때때로 아이들에게 화내는 게 대화의 전부였습니다. 지금은 늘 미소로 아이들과 가까워지는 중입니다. 중학생 사춘기 딸과도 잘 지내고 있고요. 2021년부터 금주 중입니다. 아니 앞으로도 계속 술을 마시지 않을 겁니다. 언젠가는 마시겠지만, 그때가 언제일지 모르겠습니다. 사람 만나는 게 어려웠던 제가 지금은 먼저 다가섭니다. 물론 작가와 강연가로서 먼저 다가가야 하는 게 맞습니다. 예전 성격이었다면 꿈도 못 꿀 일을 지금은 아무렇지 않게 해내고 있습니다. 또 세상 사람들에게 나를 드러내는 것조차도 대단한 변화였습니다. 내 생각을 글로 쓰고 하고 싶은 말을 글로 적었습니다. 누군가는 공감했고 누구는 불편해했고 또 누군가는 격려를 아끼지 않았습니다. 수익을 벌고 수많은 사람이 따르는 그런 성공을 맛보지는 못했습니다. 하지만 책을 읽기 전 제 모습과는 180도 다른 인생을 사는 요즘입니다. 그럴 수 있었던 건 7년 동안 1,500권 넘는 책을 꾸준히 읽었기 때문입니다.

저처럼 만족스럽지 못한 삶을 사는 사람은 많습니다. 더 많은 돈을 벌고 싶고, 자신이 정말 좋아하는 일을 찾고 싶은 이도 있습니다. 이유가 어떠하든 방법은 있기 마련이죠. 바로 책을 읽는 겁니다. 책 속에서 얻지 못할 힌트는 없습니다. 책은 모범답안을 알려주지 않습니다. 책은 스스로 답을 찾을 수 있게 안내만 할 뿐입니다. 우리가 길을 잃고 헤매는 건 올바른 길을 안내해 줄 안내자를 만나지 못했기 때문입니다. 어쩌면 이미 옆에 두고 있으면서도 눈길을 주지 않았던 게 아닐까요? 책은 누구에게나 안내자 역할을 합니다. 어떤 질문에도 답을 찾을 수 있게 다양한 길을 제시해 줍니다. 우리는 그 길 중 자신에게 맞는 걸 찾아가는 겁니다. 시도하고 실패하고 다시 도전하면서 말이죠. 무엇보다 책은 우리의 수고를 덜어줍니다. 이미 수많은 이들이 내가 해야 할 실수와 실패를 경험했고, 그것들이 고스란히 책 속에 담겨 있습니다. 우리는 책을 통해 그들과 다른 선택과 시도를 하면 됩니다. 가성비로 따지면 책만 한 게 없을 것입니다. 2만 원도 안 되는 돈으로 인생이 달라질 수 있다면 기꺼이 투자해야 하지 않을까요?

　7년째 책을 읽는 요즘 문득 그런 생각이 듭니다. 7년 전 그 날 책을 손에 들지 않았다면 지금 나는 어떤 삶을 살고 있을 까? 여전히 아이들에게 화내고, 수시로 술자리 갖고, 회사에 불만만 품고, 다른 회사로 이직하고, 불어나는 몸무게를 걱 정하며 살았을 겁니다. 하지만 지금은 그런 걱정과는 정반대 삶을 사는 중입니다. 아이들과는 더 가까워지고 술로 인해 버려지는 시간을 없애고, 더 건강한 몸을 유지하고, 더 많은 사람을 만나며 하고 싶은 일을 하면서 충만한 삶을 살아가고 있습니다. 이제까지도 그랬고 앞으로도 더 근사한 삶이 펼쳐 질 것입니다. 늘 손에서 책을 놓지 않는다면 말이죠. 짐작하 건대 손에서 책을 놓는 일은 없을 것입니다. 그 말은 지금의 행복을 포기하겠다는 의미이기 때문입니다. 남들보다 늦게 오래 걸려 찾은 즐거움이니만큼 어떤 일이 있어도 잃고 싶지 않습니다. 그래서 오늘도 책을 읽고 글을 쓰며 하루를 보냅 니다. 내 인생 최고의 귀인은 책이었습니다.

시작이 막막할 땐 질문을 던져 보세요

누구나 하루 세 번 질문합니다. 어떤 질문일까요? 아침밥으로 뭐 먹지? 점심으로 뭐 먹으면 좋을까? 저녁밥은 든든한 걸 먹어야겠지? 우리는 원하는 게 있을 때 가장 먼저 질문을 던집니다. 먹는 것뿐만 아닙니다. 직장을 옮길 때, 결혼을 앞두고, 진로를 고민할 때도 마찬가지였죠. 질문을 시작으로 자신이 정말 바라는 게 무엇인지 하나씩 찾아갑니다.

하지만 반복된 일상에 무감각해질수록 질문에서 멀어지는 것 같습니다. 질문을 하지 않는 건 아닙니다. 구체적이지 않을 뿐입니다. 질문은 구체적일수록 답을 찾기 수월하다고 했습니다. 세 끼를 메뉴를 선택할 때도 다르지 않습니다. 막연히 밥을 뭐로 먹을지 묻는 것보다, 한 끼지만 내 몸에 도움이 되는 메뉴는 무엇일까? 먹고 나도 속이 편한 음식은 무엇일까? 등등 자세히 물을수록 선택이 수월해질 것입니다.

인생이 막막할 때 던지는 질문은 어떨까요? 막연하게 무얼 해 먹고 살지라고 물으면 답을 구하기 어렵습니다. 저도 그랬었습니다. 내가 할 줄 아는 게 무엇일까? 라고 막연하게 물었었습니다. 이 질문에 답을 찾으려니 막막했습니다. 이제까지 해오던 일에서 찾으려니 답이 없었습니다. 책을 읽고부터 질문을 달리했습니다. 과거의 나에게서 답을 찾을 수 없다면 지금의 나, 앞으로 나에게서 답을 찾을 수도 있을 것입니다. '할 줄 아는 게 무엇이지'라고 묻기보다 '지금 내가 할 수 있는 게 무엇이지'라고 물었습니다. 전자의 질문은 과거의 경험에 국한되었지만, 후자는 수많은 가능성으로 열렸습니다. 지금 내가 호기심을 갖는 것을 발견하고 시도해 보는 겁니다. 그 과정에서 몰랐던 나에 대해 알게 되는 기회도 생깁니다. 한계가 정해져 있지 않다는 의미입니다. 어떤 질문을 던지냐에 따라 내가 찾을 수 있는 답이 달라질 것입니다.

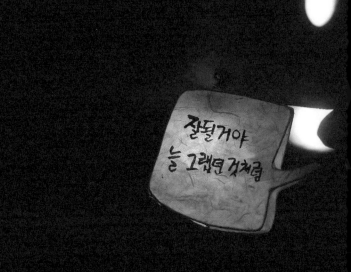

PART 2

읽는 대로
이루어진다

읽는 것만으로 1%가 되다

학생 때 시험 보는 게 싫었습니다. 아마도 저만 그랬던 건 아니었을 겁니다. 시험도 싫었지만, 성적표를 받는 게 더 싫었습니다. 늘 20등 언저리에서 머물렀습니다. 중고등학교, 대학은 물론 사회에서도 늘 중간 어디쯤 있었습니다. 이미 학생 때 공부를 포기하면서 삶의 수준도 정해졌던 것 같습니다. 끈기가 부족해 치열하게 살아본 적 없는 저는 박제된 성적처럼 삶도 비슷한 수준으로 살 줄 알았습니다.

사람은 이름 따라 산다는 미신 같은 말이 있습니다. 아마 사는 게 내 뜻대로 되지 않는 이를 빗대거나, 이름 따라 원하는 걸 얻는 이들을 두고 하는 말인 것 같습니다. 노래는 잘하지만, 운이 안 따랐던 가수 황치열. 전국을 다니며 무대를 가리지 않고 보여줄 수 있는 최선을 다했다고 합니다. 가수가 되기 위해 이름대로 치열하게 살았다고 합니다. 그러다 가창력을 인정받으면서 TV에 얼굴을 알리게 되었고, 중국에 진출해 한류 스타가 되기에 이릅니다. 가수로서 성공할 수 있었던 건 지독한 노력의 결과라고 합니다. 당장 손에 잡히는 게 없어도 꿈을 포기하지 않고 매 순간 최선을 다했기에 결국 가수의 꿈을 이루게 되었습니다. 저도 살면서 꿈은 많았던 것 같습니다. 월급이 잘 나오는 안정된 직장, 마음을 터놓고 지낼 수 있는 좋은 친구, 남들보다 많은 연봉, 넓고 안락한 내 이름의 집, 내 의지대로 사용할 수 있는 시간. 늘 꿈꾸었지만, 어느 것도 이루지 못했습니다. 남들만큼은 열심히 살았던 것 같습니다. 시키는 일 제때 하고, 하기 싫어도 억지로 해내고, 가기 싫어도 내색하지 않았습니다. 열심히는 살았지만, 열심히만으로는 얻을 수 없는 것이었나 봅니다. 어쩌면 열심히는 기본이고 거기에 더 치열하게 살아야 그나마 닿을 수 있는 게 아니었을까 생각합니다.

독서만큼은 치열하게 했습니다. 무작정 시작했지만, 닥치는 대로 읽으며 남들보다 많이 읽어냈습니다. 많이만 읽는다고 삶이 달라지는 건 아닙니다. 읽고 생각하고 기록하면서 이전과 다른 내가 되기 위해 애썼습니다. 그런 노력 덕분에 하고 싶은 일도 찾았고 인생을 주도적으로 살고 있습니다. 눈뜨면서 책을 폈고 눈 감기 전까지 책을 읽었습니다. 어느 해에는 300권 이상 읽었고, 매달 20권 내외로 읽고 있습니다. 책을 읽을수록 절실해졌습니다. 책에서 답을 찾았고 책을 통해 나아갈 방향을 알았습니다. 어디로 가야 할지 알게 되면서 더 책에 집착하게 되었습니다. 집착할수록 더 치열하게 읽었습니다. 눈으로 읽고 귀로 듣고 손으로 쓰면서 하나라도 더 배웠습니다. 내 삶에 책이 빠지면 다시 예전의 그저 그랬던 저로 돌아갈 것 같았습니다.

어느 해에는 자주 이용하던 중고서점에서 일 년 동안 책을 산 내용을 정리해 평균을 내줬습니다. 그해 독서량이 제가 사는 지역 상위 1퍼센트였습니다. 서점 한 곳에서만 낸 평균이었고, 다른 서점과 도서관 이용까지 합산하면 짐작건대 대한민국 상위 1퍼센트 안에 드는 독서량이라고 감히 말씀드릴 수 있습니다. 학교 때 성적은 중간, 직장에서는 없어서도 그만인 저였지만, 독서량만큼은 누구보다 월등했습니다. 지금껏 살면서 처음 경험해 봤습니다. 오해가 없었으면 합니다. 많이 읽은 걸 자랑하겠다고 쓰는 건 아닙니다. 치열하게 살지 못했던 저도 책을 만나면서 태도가 달라졌습니다. 시간 관리, 습관, 마음가짐, 태도를 다르게 했습니다. 태도가 달라지면서 사는 모습도 달라졌습니다. 사는 모습이 달라지고 만나는 사람이 달라지고 생각도 달라졌습니다. 이전에 몰랐던 새로운 세상을 만났습니다.

56

상위 1퍼센트가 되었다고 당장 돈이 생기는 것도, 명예를 얻는 것도 아닙니다. 그저 주변 사람의 인정이 전부였습니다. 하지만 저는 그런 인정조차 받은 적 없는 삶을 살아왔습니다. 어느 날 갑자기 떨어진 게 아닌, 오롯이 매일 꾸준히 노력해 얻은 인정이었습니다. 인정은 또 다른 동기로 이어졌고, 지금까지 지치지 않고 매일 책을 읽고 글을 쓰는 원동력이 되었습니다. 1등의 가치는 과정에 충실했던 노력을 인정받는 데 있다고 생각합니다. 남들보다 더 노력했기에 1등이 될 수 있었고 그런 노력은 인정받아 마땅합니다. 과정 없는 결과는 없습니다. 원하는 결과는 과정에 얼마나 충실했느냐에 따라 결정될 테고요. 꼭 1등이 아니어도 자신이 원하는 걸 얻기 위해 한 번쯤은 치열해졌으면 좋겠습니다. 원하는 게 돈일 수 있고 명예일 수 있고 안정된 노후일 수도 있습니다. 무엇을 원하든 노력 없이 얻어지지는 않을 것입니다. 7년 동안 1천 권 이상을 읽었고, 책도 쓰게 되었습니다. 남들보다 치열하게 책을 읽은 덕분에 말이죠.

학생 때 시험 점수를 잘 받기 위해 한 번쯤은 밤샘했습니다. 상사가 시킨 일을 위해 야근했던 경험이 있을 겁니다. 승진을 위해 몇 주 동안 잠을 줄여가며 공부했습니다. 우리는 원래부터 끈기와 꾸준함을 갖고 있었습니다. 그러나 일에 치이고 사람에 상처받고 마음먹은 대로 일이 풀리지 않으면서 좌절과 포기에 익숙해졌습니다. 노력해도 달라지지 않는 현실에 불만만 쌓였고 더 나은 내일을 꿈꾸지만 막막하기만 합니다. 그렇다고 계속 현실에 안주해 살 수만은 없는 노릇입니다. 변화는 어느 날 갑자기 일어나는 게 아닙니다. 사과를 꾸준히 먹으면 의사가 필요 없다는 말이 있습니다. 사과 한 조각을 먹기 위해서도 과정이 필요합니다. 한 번 사과를 먹었다고 건강이 좋아지는 일은 없습니다. 아무리 사소한 일이라도 과정이 필요하고 꾸준히 먹어야 변화가 일어나는 법입니다. 그러니 지금 저마다의 삶에 변화가 필요하다면 무언가를 정해 꾸준히 시도해 보면 어떨까요? 그게 저처럼 독서일 수도 있고 새로운 기술을 배우거나 창업을 위한 준비일 수도 있습니다. 그것도 아니면 다니는 직장에 승부를 걸어보는 겁니다. 어떤 일이든 꾸준히 치열하게 도전해보면 저마다 답을 찾게 될 것입니다. 그리고 그런 치열함 뒤 우리 각자가 바라는 삶의 모습이 보상처럼 주어진다고 생각합니다.

위대한 도전, 1년 300권 독서

투자 공식 중 '하이 리스크, 하이 리턴'이 있습니다. 큰돈을 벌기 위해서는 큰 손실을 감수할 수 있어야 한다는 의미입니다. 제 인생에도 변화가 필요했고 그에 따른 위험이 따를 거로 생각했습니다. 그렇다고 손실을 걱정해 머뭇거릴 수도 없었습니다. 이왕 책으로 승부 보기로 했으니 한 번은 끝장을 봐야 할 것 같았습니다. 그래서 일생일대의 도전을 감행합니다. 바로 일 년 300권 독서입니다.

2019, 2020년 두 해 동안 300권 읽기를 해냈습니다. 무작정 책만 읽은 건 아닙니다. 읽은 책 내용을 정리하고 생각을 글로 적어 남겼습니다. 직업인으로 작가이자 강연가가 되기 위해서 말이죠. 건설업에 20년 몸담은 제게는 생소한 직업입니다. 밑바닥에서 시작해야 했습니다. 늦게 시작한 만큼

남들보다 잘하고 싶었습니다. 손에 잡히는 대로 읽었고 시간이 날 때마다 글을 썼습니다. 읽고 쓰기를 반복하며 일 년에 300권을 읽는 게 불가능해 보였습니다. 하지만 과감히 시작했습니다. 시작한 이상 실패는 없다고 다짐하고 앞만 보고 갔습니다. 내일 할 일을 걱정하기보다 오늘 해야 할 일에 집중했습니다. 오늘 손에 든 책을 읽고, 오늘 써야 할 글에 정성을 다했습니다. 내일 읽을 책, 내일 쓸 글은 내일 생각했습니다. 새벽 5시에 눈 떠 책을 폈고, 출근하며 또 책을 들었고, 업무 시작 전 한 시간 동안 한 편의 글을 써냈습니다. 같은 하루를 365일 반복했습니다. 반복 덕분에 일 년에 300권을 읽을 수 있었습니다.

300권을 읽고 나니 주변 사람이 저를 보는 눈이 달라졌습니다. 별다른 색이 없던 제가 매일 책을 읽는 사람이 되었고, 꾸준하고 성실한 사람이 되었고, 남들은 엄두를 못 내는 300권을 읽어 낸 사람이 되어 있었습니다. 물론 저보다 더 많은 책을 읽고 더 많은 글을 쓰고 더 다양한 활동을 하는 이들도 분명 있습니다. 비교를 하겠다는 건 아닙니다. 당연히 비교도 안 될 테고요. 다만 도전을 통해 저의 체질이 어떻게 변했는지 말씀드리려고 합니다.

시간 관리를 어떻게 하는지 모르고 살았습니다. 직장에 있는 동안은 남을 위해 일했습니다. 일하고 남는 시간은 고생한 나를 위해 사용했습니다. 기껏 쇼핑, 영화, 술자리가 전부였습니다. 물론 휴식이 필요합니다. 그보다 나를 위해 더 가치 있게 사용하지 못했던 것 같습니다. 책을 읽으면서 시간의 가치를 깨달았습니다. 시간을 투자하는 만큼 읽는 양이 쌓였습니다. 300권을 읽으려면 그만큼의 시간을 만들어내야 했습니다. 삶의 어느 한 부분만 바뀌어서는 결코 될 수 없습니다. 시간을 내기 위해 잠을 줄이고, 출퇴근과 이동하는 시간을 활용하고, 쓸데없는 약속을 만들지 않았습니다. 나 자신에게 부끄럽지 않게 시간을 만들고 아꼈습니다.

계획 없이 살았습니다. 당장 내일 무엇을 할지 정해놓은 게 없었습니다. 꿈은 있었지만 꿈을 이룰 구체적인 방법을 고민하고 실천하지 않았습니다. 해가 바뀌면 거창한 계획은 세웠지만, 며칠 못 가 흐지부지되기 부지기수였습니다. 그랬던 제가 일 년 치 목표를 세우고 반년, 한 달 한 주 하루 계획을 세워 실천했고 결국 도전에 성공했습니다. 계획을 세우고 실천하는 것도 시간 관리와 마찬가지로 삶의 어느 한 부분만 변해서 안 됐습니다. 매일 똑같은 일상을 반복할 수 있는 의지가 필요했습니다. 의지는 의지를 갖는다고 생기는 게 아니었습니다. 그저 습관처럼 어제 했던 걸 오늘 또 했을 때 내일 다시 할 수 있는 의지가 따라왔던 것 같습니다. 결국 오늘 계획한 걸 해냈을 때 내일 목표도 달성할 수 있다는 당연한 논리였습니다. 이걸 몰랐기에 예전의 저는 실패를 반복했습니다.

일 년에 300권을 읽어 낸 저는 이전과 다른 삶의 태도를 갖게 되었습니다. 처음에는 실패할까 불안했습니다. 하지만 한 번은 겪어야 할 과정이라고 생각했습니다. 고비를 넘기고부터 이루고 싶은 게 생겼고 꼭 성공하고 싶었습니다. 크게 얻기 위해 큰 손실을 감수했습니다. 결과에 눈을 두지 않고 오늘 내가 해야 할 일에만 집중했습니다. 그런 날들이 쌓여 결국 일 년 300권 독서라는 위대한 도전을 해냈습니다. 세계적인 투자사 블랙록 CEO 래리 핑크가 작성한 2020년 신년사에는 이런 내용이 나옵니다. "기업이 뚜렷한 목적의식을 갖고 폭넓게 이해관계자들을 아우를 수 있어야만 장기적인 이익 달성이 가능합니다." 이 말은 어느 하나의 변화가 아닌 기업 생태계 전반의 변화를 요구한 것입니다. 저는 물론 우리도 변화를 위해 어느 하나만 바뀌어서는 안 됩니다. 이전의 내 모습이 만족스럽지 않았다면 모든 걸 바꿀 각오가 필요합니다. 제가 300권 독서를 통해 삶을 대하는 태도를 달리한 것처럼 말이죠. 방법은 저마다 다를 것입니다. 저는 책을 선택했을 뿐입니다. 각자 상황에서 할 수 있는 걸 선택해 도전하면 됩니다. 어쩌면 한계에 부딪힐 수 있습니다. 도전에 실패할 수도 있습니다. '하이 리스크 하이 리턴'입니다. 투자에서는 '하이 리스크'가 발생할 수 있습니다. 하지만 독서는 많이 하면 할수록 '하이 리턴'만 존재합니다. 독서는 잃을 게 없는 가장 안전한 투자입니다. 남이 아닌 자신을 믿는 것이니 이것보다 확신한 투자처가 또 있을까요?

도전해보십시오. 무엇이든 좋습니다. 도전하는 과정에서 분명 새로운 자신을 발견하게 될 것입니다. 거기서 출발하면 됩니다. 도전한다고 손해 볼 일은 안 생깁니다. 오히려 도전하지 않았을 때 후회만 남을 뿐입니다. 그러니 지금부터 무엇이든 도전해보면 좋겠습니다. 도전해 본 경험만이 더 큰 도전에 뛰어들게 해줄 테니까요. 인생은 도전의 연속이라고 했습니다. 마찬가지로 실패의 연속이기도 합니다. 실패를 통해 다시 도전할 기회도 얻게 됩니다. 도전, 실패, 성공을 반복하다 보면 삶도 조금씩 내가 원하는 대로 만들어지지 않을까요?

성공을 위한 필요 충분 조건

성공을 위한 필요 충분 조건에는 무엇이 있을까요? 경제를 읽는 눈? 돈의 흐름을 이해하는 감각? 뛰어난 화술과 친화력? 세상을 놀래킬 기술력? 다 필요합니다. 중요한 건 성공의 정의는 저마다 다르다는 겁니다. 저는 나눌 게 많은 사람이 성공했다고 정의합니다. 왜 그럴까요? 나눈다고 돈이 생길까요? 주기만 하면 나는 언제 얻게 될까요? 퍼준다고 사람들이 인정해주기나 할까요? 질문이 곧 답입니다. 나누면 돈이 생기고, 주면서 얻게 되고, 퍼주는 사람을 따르게 됩니다. 다만 아무나 할 수 없다는 것입니다. 어떤 정의의 성공이든 결국에는 나눌 수 있는 사람이 더 오래 자신의 자리를 지킨다고 생각합니다.

주는 데 인색하다는 말이라도 들었으면 했습니다. 이 말은 적어도 가진 게 많다는 의미입니다. 저는 가진 게 없었습니다. 아마도 가진 게 무엇인지 몰랐다는 게 정확할 겁니다. 마흔셋부터 책을 읽었습니다. 그때까지 내가 가진 게 무엇인지 모르고 살았습니다. 직장을 옮기는 데 급급해 새로운 걸 배우겠다는 생각을 못 했습니다. 주어진 일은 주어진 만큼만 해냈습니다. 만나는 사람만 만났습니다. 말 그대로 하루하루 버티며 살았습니다. 마음의 여유도 없었습니다. 그나마 한 달에 한 번 월드비전이 맺어준 베트남 소년을 후원하는 게 전부였습니다. 일종의 나눔이긴 했습니다. 술 한잔 마시면 사라지는 돈으로 먹는 걸 해결하고 배움의 기회까지 가질 수 있다고 들었습니다. 10년 가까이 후원했었습니다. 기념일이나 해가 바뀌면 자신의 달라진 모습을 사진으로 보내줬습니다. 처음 사진을 받았을 때 4살이던 꼬마가 어느덧 글자를 또박또박 쓰는 소년이 되어 있었습니다. 그 모습을 볼 때면 작지만 나눔의 의미를 이해하게 되었습니다. 더 많은 아이에게 도움을 줬으면 좋았겠지만 늘 돈에 쪼들리는 삶이라 한 명으로 만족해야 했습니다.

돈이 아닌 다른 형태의 나눔이 있다는 걸 책을 읽으면서 알게 되었습니다. 책을 읽는데 어떻게 나눌 수 있냐고 의아해할 수 있습니다. 맞습니다. 책만 읽어서는 내 삶이 눈에 띄게 달라지지도 않고 줄 수 있는 게 생기는 것도 아닙니다. 책을 읽는 이유는 내가 모르는 게 무엇인지 이해하기 위해서입니다. 책을 통해 배우고 익히는 것들로 인해 내가 아는 것과 모르는 걸 구분할 수 있게 됩니다. 아는 건 아는 대로 삶을 더하고, 모르는 건 공부하는 겁니다. 읽어낸 책이 쌓일수록 이전에 몰랐던 것들도 차츰 배웁니다. 정보를 통해 지식을 쌓고 경험에서 지혜를 얻습니다. 점차 아는 게 늘어갔습니다. 그렇게 쌓인 지식과 지혜에 내 경험을 더해 글로 표현하고 말로 설명하고 행동으로 보여줬습니다. 내가 배우고 익힌 걸 나누는 과정입니다. 생각을 글로 적고 경험을 말로 설명하며 내가 가진 걸 필요로 하는 이들에게 나누어 줍니다. 대상을 정하기보다 SNS를 활용해 더 많은 이들에게 전해지길 바라면서요. 내 글을 읽거나 이야기를 들은 누군가 변화를 시도합니다. 책을 꺼내든 직장인, 자녀와 대화를 시도하는 가장, 모임을 만든 워킹맘 등 저마다 자리에서 주저하던 일을 시작하고, 망설이던 일에 도전합니다. 결과는 나중 문제입니다. 시작했다는 게 중요했습니다. 책이 좋고 대화가 필요하고 리더가 되어야 한다는 걸 머리로 아는 것과 직접 실천해 결과를 얻는 건 분명 다릅니다. 어떤 일이든 시도하고 과정을 거쳐 결과를 얻었을 때 배우고 얻는 게 생깁니다. 가만히 있으면 아무 일도 일어나지 않고 아무것도 얻을 수 없습니다.

7년 동안 책을 읽고 글을 쓰면서 제법 많은 사람에게 제 이야기를 했습니다. 글 한 편, 이야기 하나에 진심을 담았습니다. 제가 경험한 것들이 조금이나마 도움이 되길 바라면서요. 나의 말과 글이 그들을 변화시키는 걸 보면서 나도 줄 수 있는 게 있다는 걸 알았습니다. 대가를 바라고 한 행동은 아닙니다. 시작부터 대가를 바랐다면 아마 지금까지 이어오지 못했고 앞으로도 계속 못 할 것입니다. 또 대단한 걸 나눠야 한다고 생각했으면 더 못 했을 겁니다. 제가 나눈 건 제가 배우고 익히고 경험한 것들뿐입니다. 제 경험이 필요한 누군가에게 닿았고 그들을 움직였습니다. 누군가의 변화를 돕는 일, 정말 멋지지 않나요? 사람은 쉽게 변하지 않는다고 했습니다. 스스로 변화하길 선택하지 않는 이상 변하지 않습니다. 마치 철옹성 같습니다. 제가 가진 경험들이 누군가의 견고한 벽에 실금을 냅니다. 바늘구멍이 댐을 무너뜨리는 시작인 것처럼 말이죠. 어쩌면 이런 경험을 할 수 있다는 건 돈으로 환산할 수 없는 가치입니다. 줄 수 있는 게 없다고 생각했던 제가 단지 글과 말로 경험을 나누게 되면서 누군가를 돕는다는 걸 상상도 못 했으니까요. 저는 성공의 정의를 나눌 수 있는 사람이 되는 거라고 말했습니다. 이제까지 제가 경험한 것만으로도 저는 저만의 성공을 했다고 생각합니다. 성공 공식에 반드시 돈이 들어가야 한다고 생각하는 사람에게는 미치지 못할 것입니다. 하지만 분명 이런 성공에 돈도 반드시 따라온다고 배웠습니다. 때가 되면 말이죠.

햄버거에 패티가 빠지면 햄버거라고 할 수 없습니다. 자동차에 기름을 넣지 않으면 굴러가지 않습니다. 사람은 인도로 차는 차도로 다니게 정해졌습니다. 만남이 있으면 이별이 있고 행복과 불행은 늘 따라다닙니다. 우리 일상에는 이처럼 거스를 수 없는 것들이 존재합니다. 여기에 더해 성공을 위한 필요 충분 조건에도 덧붙일 게 있다고 생각합니다. 바로 먼저 나누는 마음입니다. 내가 가진 걸 기꺼이 꺼내놓을 수 있는 사람에게 성공은 따라온다고 믿습니다. 왜일까요? 주변에 성공한 수많은 사람을 보면 답을 알 수 있습니다. 물론 성공은 저마다 정의하기 나름이라고 했습니다. 적어도 저는 나눔이라고 믿고 저와 같은 믿음을 가진 이들이 주변에 더 많다고 감히 말씀드리겠습니다. 그러니 무엇이든 나눌 게 있다면 성공의 필요 충분 조건을 갖춘 것이고요. 종류나 크기는 중요하지 않습니다. 나누겠다는 마음이면 충분합니다. 마음먹으면 못 할 게 없다고 했으니 성공도 꼭 따라올 거로 믿습니다.

글 한 편 써서 매일 블로그와 브런치에 공유합니다. 제 글을 읽고 누군가는 변화를 시작했습니다. 또 누군가는 과거를 반성했습니다. 저는 그들을 볼 때면 매일 글 쓰는 이유를 되새기곤 합니다. 새벽 4시 반에 하루를 시작하는 이유이기도 합니다. 일찍 일어나는 게 힘들지 않다면 거짓말입니다. 그래도 포기할 수 없는 건 제 글이 누군가를 도울 수 있다고 믿기 때문입니다. 그래서 저는 성공했고 앞으로도 계속 성공할 거라고 감히 말씀드립니다. 살면서 누릴 수 있는 최고의 가치를 이미 가졌으니 이보다 더한 성공이 또 있을까요?

간절함이 나를 움직인다

나를 움직이게 하는 간절함은 어디서 오는 걸까요? 누구는 결핍에서 누구는 목표에서 누구는 도전에서 비롯된다고 말합니다. 저는 자신에 대한 믿음이라고 생각합니다. 왜 믿음일까요? 자신을 믿는 사람은 1퍼센트의 가능성만 있어도 무슨 일이든 시작할 수 있습니다. 1퍼센트로 시작한 사람은 부딪히고 깨지고 실패하면서 나머지 99퍼센트를 채워갑니다. 그 과정에서 자신이 부족하다는 걸 받아들이게 되고 나머지를 채우기 위해 간절해질 수밖에 없습니다. 자신을 믿지 못하는 사람은 100퍼센트 확신이 들 때까지 시작하지 않습니다. 당연히 100퍼센트에서 출발하는 사람도 실패를 경험할 수 있습니다. 그러나 이들은 실패를 받아들이지 못합니다. 100퍼센트 안에는 실패가 없었으니까요. 그러니 자신을 움직이게 하는 간절함은 스스로에 대한 믿음이라고 감히 말씀드립니다.

서른 살, 친구 덕분에 두 번째 직장에 다닐 수 있었습니다. 그때부터였던 것 같습니다. 먹고 사는 문제가 먼저여서 이 일이 나에게 맞는지 따지지 않고 선택했습니다. 한번 발을 들여놓으니 다른 선택할 여유가 없었습니다. 일할수록 나와 맞지 않는다는 생각이 들었지만, 그만둘 용기를 못 냈습니다. 잦은 이직이 이어지는 동안 처음 선택을 후회했습니다. 후회가 커질수록 나를 원망하게 되었습니다. 그러니 불신이 생기는 건 당연한 순서였습니다. 직장에 다니는 내내 나에 대한 원망과 불신은 이어졌습니다. 내 안에서 일어났다가 사라지는 소용돌이였다면 별문제 없었을 겁니다. 남에게 불만을 드러내고 환경을 탓하고 힘없는 이들에게 화를 내게 되었습니다. 그때는 고쳐볼 생각도 노력도 안 했습니다. 노력한들 바뀔 것 같지 않았습니다. 내 감정이 변해가는 원인만 있을 뿐 문제를 해결할 방법은 없다고 생각했었습니다.

반려동물을 키우는 중년 비중이 높아지고 있습니다. 무조건 싫다고 손사래 치던 그들도 반려동물만이 주는 즐거움과 위로를 경험하면서 한없이 빠져듭니다. 좋아서 시작하기보다 시작하고 보니 좋아지는 경우입니다. 저도 그랬습니다. 책이 좋고 필요성을 느껴 읽기 시작한 건 아니었습니다. 읽다 보니 그동안 내가 가진 문제에 대한 답을 찾게 되면서 조금씩 좋아졌습니다. 책만 읽는다고 답을 찾고 문제가 해결되는 건 아니었습니다. 책에서 사람에게서 배우고 느낀 것들을 내 안으로 가져와야 했습니다. 내가 찾은 답이 맞는지 올바른 방향으로 가는지 직접 시도하고 확인해야 했습니다. 결국 어떤 과정이나 결과든 몸을 움직여야 했습니다. 남이 해줄 수 있는 게 아니었습니다. 내가 하지 않으면 아무 일도 일어나지 않습니다. 그러니 나를 믿고 시도해 보는 수밖에 없었습니다.

하기 싫은 일을 억지로 하기보다 하고 싶은 일을 해보고 싶었습니다. 무엇을 잘 할 수 있는지 나부터 들여다봤습니다. 그동안 직장을 다니며 어떤 능력을 갖추게 되었는지 찾아봤습니다. 남은 시간 내가 어떤 사람이 되느냐에 따라 삶의 질도 달라질 수 있다고 했습니다. 이왕이면 내 경험을 통해 남을 돕는 일을 해보고 싶었습니다. 그래서 찾게 된 직업이 작가이자 강연가였습니다. 생소했지만 도전해보고 싶었습니다. 하나씩 배워가면서 재능보다 노력을 믿었습니다. 꾸준히 포기하지 않는 저를 믿으니 조금씩 재능도 보였습니다. 작은 도움이라도 줄 수 있는 저를 보면서 더 잘하고 싶은 간절함이 생겼습니다. 나도 누군가를 도울 수 있다는 믿음이 이제까지 이어온 원동력이 되었습니다.

나를 똑바로 바라보면서 주변 사람과 벌어진 틈도 보였습니다. 더 벌어지기 전에 메꾸고 싶었습니다. 어떤 노력을 해야 할지 하나씩 배웠습니다. 말하기보다 듣고, 시키기보다 내가 먼저 하고, 원망하기보다 나의 잘못을 먼저 생각했습니다. 배우고 실천하면서 상대방에게 향해 있던 화살을 하나씩 나에게로 돌렸습니다. 내가 가진 모든 문제의 답은 내 안에 있다고 인정하니 답도 찾을 수 있었습니다. 하지만 답을 안다고 당장 달라지는 건 아니었습니다. 마찬가지로 내가 움직였을 때 변화도 생겼습니다. 하나씩 실천하고 반성하고 다시 행동했습니다. 진심은 통한다고 했습니다. 아직 가야 할 길은 멀지만 처음 벌어졌던 틈이 조금씩 메워지고 있습니다. 등을 돌렸던 이들의 얼굴을 보게 되면서 내가 틀리지 않았다는 걸 알게 되었습니다.

나를 인정하고 일과 관계가 나아지면서 배움의 가치를 이해하게 되었습니다. 책을 읽어야 하는 이유를 몸으로 체득하게 된 것입니다. 배우고 행동하고 실패하고 다시 도전하면서 삶도 달라지는 게 눈에 보였습니다. 탓하고 핑계만 대느라 뻣뻣했던 몸이 간절함으로 인해 움직이기 시작했습니다. 달라지는 나를 보면서 달라질 수 있다는 믿음도 생겨났습니다. 믿음이 생기니 더 잘하고 싶었습니다. 이런 선순환이 결국 지금까지 저를 움직인 원동력이었습니다.

인류는 1퍼센트 가능성만 믿고 도전했던 이들에 의해 발전해왔다고 생각합니다. 갈릴레오 갈릴레이, 코페니르쿠스, 콜

럼버스, 레오나르도 다 빈치, 에디슨, 빌 게이츠, 스티브 잡스, 세종대왕, 정약용 등 수많은 인물이 저마다의 업적을 내기까지 아주 작은 가능성에서 시작했습니다. 어떤 일에 도전을 시작한다는 건 한편으로 자신에 대한 믿음 없이는 불가능할 것입니다. 실체가 없는 걸 남이 믿어줄 리 없을 테니까요. 그래도 그들은 결국 자신이 꿈꾸던 걸 해내고 인류 발전에 공헌하게 되었습니다. 나보다 인류를 위하겠다는 간절함이 그들을 움직이게 했던 원동력이었다고 저는 생각합니다.

저는 인류를 발전시킬 열정이나 재능은 없습니다. 대신 저 하나 바꿀 간절함을 가졌습니다. 답을 찾지 못했던 제가 책과 글쓰기를 통해 하고 싶은 일을 찾고 어떤 삶을 살아야 하는지 알게 되었습니다. 답을 찾게 되고 하나씩 달라지면서 저도 할 수 있다는 믿음이 생겼습니다. 그 믿음 덕분에 이전과 다른 삶을 살 수 있게 되었고요. 나 하나 바뀐다고 세상은 달라지지 않습니다. 하지만 적어도 제 주변에 잔바람을 일으킬 수 있다고 생각합니다. 나비의 날갯짓 한 번이 태풍을 일으킨다고 했습니다. 혹시 앞으로 제가 일으킬 바람이 어딘가의 누군가에겐 태풍과 같은 변화를 일으키게 될지도 모를 테니까요. 그런 믿음으로 오늘도 제가 해야 할 일을 해냅니다.

꾸준함이 성과를 낳다

　자동차 역주행은 즉흥적인 경우가 대부분입니다. 음주, 졸음, 운전 미숙일 때입니다. 노래가 역주행하면 세상이 들썩거립니다. 보이지 않는 곳에서 꾸준히 활동해오다 우연한 기회에 사람들에게 알려집니다. 같은 역주행이지만 결과는 천당과 지옥입니다. 노래, 게임, 그림, 생활용품 등 다양한 분야에서 역주행이 일어납니다. 어느 날 갑자기 나타난 게 아닙니다. 늘 우리 주변에 있었지만 눈치채지 못했습니다. 가수는 꾸준히 노래 불렀고, 게임은 업데이트해왔고, 미술가는 다양한 그림을 그렸고, 생필품은 늘 같은 모습으로 우리 곁을 지켜왔습니다. 그들의 역주행은 어쩌면 꾸준함이 만들어낸 성과라고 할 수 있습니다. 행운도 노력한 자에게 찾아온다는 말을 증명이라도 하듯이요.

역주행이든 정주행이든 자신의 분야에서 성과 내는 이들을 부러워했습니다. 책을 읽으면서 자기 계발을 막 시작했을 즈음입니다. 이미 저보다 앞서 다양한 분야에서 성공한 이들이 차고 넘쳤습니다. 그들을 바라보며 동기부여를 받고 결심을 다졌습니다. 나도 노력하면 저들과 같은 자리에 설 수 있다는 희망을 품으면서요. 부동산 투자 3년 만에 건물주가 된 사람, 온라인 쇼핑 1년 만에 월 매출 3천만 원을 만든 사람, 1년 동안 책 읽은 경험을 글로 써서 출판사와 계약한 사람. 저마다의 자리에서 그 당시 저가 감히 넘볼 수 없는 성과를 만들어내 보였습니다. 물론 그 이면을 들여다보면 유유히 떠다니는 백조의 발놀림처럼 상상 못 할 노력을 했을 겁니다. 노력과 기다림이 필요하다는 걸 머리로는 알지만, 보이는 걸 안 보이는 척할 수 없었습니다. 그럴 때면 자연히 시선이 저에게로 향했습니다. 여태껏 뭐 했나 싶었습니다. 시간 낭비하는 건 아닌지, 맞는 선택인지, 바른 길을 가고 있는지 의심이 들었습니다.

어쩌면 당연한 과정이었을 겁니다. 정반대의 삶을 살다가 책에 의지해 시작한 도전은 맨몸으로 거리를 활보하는 거나 다름없습니다. 가진 것도 보여줄 것도 없다는 의미입니다. 그러니 내 몸에 맞는 옷을 하나씩 찾고 만들어 입는 과정이 필요했습니다. 조바심 내봐야 없던 옷이 생길 리 없습니다.

그렇다고 남의 옷 뺏어 입을 수도 없고, 뺏어 입은들 내 몸에 맞지 않습니다. 답은 정해졌습니다. 내 몸에 맞는 옷을 스스로 만들어 입는 겁니다.

뜬구름에 향했던 시선을 발밑으로 가져왔습니다. 떠가는 구름 아무리 쳐다본들 내 손에 잡힐 리 없으니까요. 당장 발밑을 파다가 운 좋으면 십 원을 주울 수도 있습니다. 오늘 내가 할 수 있는 일에만 시선을 고정했습니다. 새벽에 일어나면 읽다 만 책을 폈습니다. 출근길에는 새로 빌린 오디오북을 들었습니다. 사무실에 들어가기 전 한 시간 동안 글 한 편 썼습니다. 오전 업무 후 점심을 먹고 다시 책을 폈습니다. 오후 업무 후 퇴근길에 다시 듣던 책을 열었습니다. 출장을 가는 길에도, 현장 근무로 새벽에 출근할 때도, 가족과 휴가 가서도, 명절에 친척 집에 방문해도 몇십 분이라도 시간을 냈습니다. 그런 일상으로 달이 차오르기를 수십 번 반복했습니다. 읽은 책도 수백 권이 넘었습니다. 그사이 꾸준히 쓴 글이 모여 종이책과 전자책으로도 나왔습니다. 자주는 아니어도 제 이야기를 듣고 싶다고 연락이 오기도 했습니다. 내세울 만큼의 직장 경험은 아니어도 취업 준비생에겐 멘토가 될 수 있다며 멘토링 제안을 받기도 했습니다. 수천만 원의 수입이 생긴 건 아닙니다. 유명인이 된 것처럼 여기저기 불려 다니는 것도 아닙니다. 성공을 맛본 이들이 보기에는 보잘것없어 보일 수 있습니다. 그러면 어떤가요. 어디까지나 이제까지 한눈팔지 않고 내 몸에 맞는 옷을 만들어 왔습니다. 이제 조금씩 몸을 가리고 그럴듯해 보이는 옷매무새를 만들어가고 있습니다. 남들 눈에 화려해 보이고 명품도 아닙니다. 천 쪼가리 몇 개 덧대 만든 후줄근한 옷입니다. 중요한 건 내 노력과 꾸준함으로 만들어냈다는 겁니다. 볼품없지만 누군가는 멋지다고 해주었습니다. 덜 만들었지만, 누군가는 근사하다고 했습니다. 또 누군가는 앞으로 더 기대된다고 해주었습니다. 1천 권 독서도, 몇 권의 책을 써낸 것도 오늘 해야 할 일을 해냈기에 가능했습니다. 남들이 입은 근사한 옷만 쳐다보며 부러워하고 있었다면 여전히 맨몸이었을 겁니다. 하지만 제일 먼저 나에게로 시선을 돌렸고 내가 할 수 있는 일에만 집중했습니다. 그 덕분에 지금 이렇게 이 책을 쓸 수 있을 만큼의 성과를 손에 쥐게 되었습니다.

역주행을 바라고 결과물을 만들어내는 사람은 없을 겁니다. 이왕이면 발표한 신곡이, 출시된 제품이, 정성을 다한 그림이 곧바로 인기 끌기를 바랍니다. 하지만 어느 분야나 비슷한 것들로 차고 넘칩니다. 얼굴 한 번 내밀지 못하고 사라지는 경우가 더 많습니다. 그렇다고 가수가 신곡을 안 쓰고, 기업이 신제품을 안 만들고, 미술가가 그림을 안 그리면 어떻게 될까요? 아마 영원히 이름 알릴 기회가 사라질 것입니다. 이름 알리고 인기를 끄는 것도 중요합니다. 그보다 더 중요한 건 자신의 분야에서 꾸준히 성과를 만들어내는 것입니다. 남이 알아주지 않는 건 지금일 뿐입니다. 역주행처럼 시간이 지나 어느 순간 애벌레가 나비가 되듯 화려하게 날아오를 수 있습니다. 오늘을 보내야 내일로 이어집니다. 옷감 없이 옷을 만들 수 없습니다. 아침을 맞아야 밤이 옵니다. 이 순간 내가 무엇을 하느냐에 따라 다음의 내 모습도 달라질 수 있습니다. 1천 권을 목표로 읽지 않았습니다. 오늘 한 권을 읽어내기 위해 책을 폈습니다. 그 시간이 쌓여 마침내 1천 권을 읽을 수 있었습니다. 1천 권을 읽어내기까지 오늘 한 권을 읽었을 뿐입니다. 오늘 읽어야 할 책을 읽은 꾸준함이 전부입니다.

하고 싶은 일을 찾을 때 질문

시간 가는 줄 모르는 활동이 있나요?

내가 행복하고 충만했던 과거 경험에는 무엇이 있나요?

이제까지 재미있고 보람있었던 경험이 있을까요?

어려서부터 흥미를 가졌던 게 있다면 무엇인가요?

내 삶에 가장 중요한 가치는 무엇이고, 그 가치를 반영한 일이 무엇일까요?

나에게 진정으로 의미있는 일은 무엇인가요?

살면서 이루고 싶은 궁극의 목표는 무엇인가요?

그 일이 다른 사람에게 어떤 영향을 미치길 바라나요?

다른 사람보다 잘하는 게 있나요? 나의 강점과 재능은 무엇인가요?

주변 사람에게 칭찬 받았거나 나에게 의지하는 능력이 있나요?

이제까지 나의 역량을 충분히 발휘했던 순간이 있었나요?

나의 강점을 만족할 만큼 발휘했던 상황이 있었나요?

평생 한 가지 일만 할 수 있다면 무엇을 선택하겠습니까?

돈, 명예, 존경 등을 고려하지 않는다면 어떤 일을 하고 싶나요?

이제까지 직업을 선택했던 기준은 무엇이며, 그 일을 진정으로 원했나요?

두려움, 걱정 없이 할 수 있는 일이 있다면 무엇일까요?

즐거움을 느끼며 배웠던 분야가 있으세요?

계속해서 성장할 수 있는 분야는 무엇인가요?

어떤 일이 나를 끊임없이 도전하고 탐구하게 만드나요?

지금 일이 나를 더 나은 사람으로 만들고 있나요?

내가 사회에 이바지할 수 있는 방식은 무엇인가요?
다른 사람에게 영감을 줄 방법에는 어떤 게 있을까요?
나의 재능과 경험이 세상을 더 낫게 만든다면 어떤 일을 해보고 싶나요?
내가 어떤 일을 할 때 주변에 긍정적인 변화를 줄 수 있나요?

지금 당장 시작할 수 있는 일은 무엇인가요?
하고 싶은 일을 찾기 위해 탐색해보고 싶은 분야나 경험이 있나요?
하고 싶은 일을 찾았다면 첫 단계는 무엇일까요?
내가 바라는 인생에서 일과 삶의 균형을 어떻게 맞출 수 있을까요?

읽는 대로 이루어진다

    공자께서 말하길, "유야! 내 너에게 안다고 하는 것을 가르쳐 주겠다. 아는 것을 안다고 하고, 모르는 것을 모른다고 하는 것, 이것이 곧 아는 것이다." 논어 [위정17]에 나오는 내용입니다. 우리는 아는 것과 모르는 것을 구분하며 살고 있을까요? 구분할 줄 알면 무엇이 좋을까요? 잘 살기 위해 꼭 필요한 것일까요? 어디까지 알아야 안다고 할 수 있을까요? 무 자르듯 경계가 명확하지도, 누구에게나 적용되는 객관적인 기준도 없습니다. 저마다 기준을 정하고 경계를 넓혀야 한다고 생각합니다. 그렇지만 남들보다 조금 더 나은 삶을 바란다면 누구나 알아야 하는 기본은 있습니다. 테니스를 배울 때 기본자세부터 익히듯, 삶에도 기본자세를 배우는 게 먼저입니다.

안정된 직장만 좇아 아홉 번 이직 했던 제가 하고 싶은 일을 찾아 새로운 직업을 갖게 되었습니다. 목표도 계획도 없이 시간 낭비하던 제가 시간 관리를 통해 계획을 세우고 목표를 달성했습니다. 나만 생각하던 제가 남을 위해 나누기를 선택했습니다. 책을 읽게 되면서 살아가는 태도에도 변화가 생겼습니다. 태도가 변하면서 사는 모습도 변하고 가치관도 달라졌습니다. 삶이 변한다는 건 어느 한 부분만의 변화를 의미하지 않습니다. 그렇다고 천지가 개벽할 만큼의 변화도 아닙니다. 단지 우리가 아는 기본을 지키면서 변화가 시작된다고 생각합니다.

첫째, 꾸준함입니다.

일 년에 300권을 읽을 수 있었던 건 반복의 결과입니다. 2주마다 도서관을 찾고, 출퇴근마다 오디오북을 듣고, 책상 위 책을 수시로 읽고, 틈틈이 서점을 찾았습니다. 원하는 높이만큼 탑을 쌓고 싶다면 반복하는 방법뿐입니다. 밑단이 없는 탑이 있을 수 없고, 중간을 건너뛴 꼭대기도 있을 수 없습니다. 오로지 같은 동작을 반복했을 때 원하는 높이만큼 쌓을 수 있습니다. 하지만 우리는 이런 단순한 원리를 잊고 사는 것 같습니다. 누구나 원대한 꿈을 품고 시작은 합니다. 하루 이틀 사흘 최선을 다합니다. 일에 치이고 육아에 지치고 손님에게 기운을 뺏기며 처음 품은 꿈에서 조금씩 멀어집니다. 그렇지만 포기하기는 싫습니다. 차선책으로 빨리 갈 수 있는 방법을 찾습니다. 그런 방법이 있을까요? 누군가는 이런 마음을 이용해 돈을 벌기도 합니다. 하지만 멀리 내다보면 둘 다 얼마 못 가서 좋지 않은 결말로 끝나고 맙니다. 저도 아홉 번 이직하는 동안 그랬습니다. 이력서에 스펙 한 줄이라도 더 넣기 위해 시험 점수를 빠르게 올리는 방법만 찾았습니다. 그래봐야 점수는 오르지도 않고 이내 지쳐 포기하기 일쑤였습니다. 그때 꾸준함만이 성과를 낸다는 원리를 알았다면 결과가 달랐을 겁니다. 다행히 책을 읽고부터 달라졌습니다. 꾸준함이 성과를 만든다는 기본에 충실했기에 일 년에 300권을 읽어 낼 수 있었습니다.

둘째, 습관입니다.

반복해서 습관이 만들어지는 걸까요, 습관이 되어서 반복하게 되는 걸까요? 둘 다 필요하다고 생각합니다. 습관을 만들려면 의식적으로 반복하는 과정도 필요하고, 꾸준하기 위해서는 무의식에도 반복하는 게 필요할 것입니다. 성과를 내기 위해서는 습관처럼 반복하는 게 필요합니다. 어떤 행동이든 습관이 된다면 할지 말지 고민할 필요가 없어집니다. 고민하지 않는다면 당연히 반복하게 될 테고, 반복이 곧 성과로 이어지는 선순환이 생깁니다. 이런 원리를 몰랐을 때는 주로 재미를 쫓아 반응했던 것 같습니다. 종일 TV 보고 틈틈이 스마트폰에서 영상을 찾아보고 쇼핑에 게임까지 단순한 자극만 찾았습니다. 이런 습관이 결코 삶을 더 나은 방향으로 이끌지 못했습니다. 당장 즐거울 수 있지만, 목표를 이루게는 못합니다. 바라는 게 있다면 우선 일상의 습관부터 재정비할 필요가 있습니다. 다행히 책을 읽으면서 매일 읽는 습관도 갖게 되었고, 매일 읽기 위해 시간 관리하는 방법도 익히게 되었습니다. 시간 관리하면서 계획대로 실천하고 목표하는 대로 이루게 되었고요.

셋째, 나누는 마음입니다.

물은 아래로 흐른다고 누가 알려주지 않아도 압니다. 우리 주변에는 당연히 알게 되는 것들이 많습니다. 아는 걸 아는 대로 하면 아무 문제 없습니다. 문제는 당연한 걸 당연하게 하지 않는 데 있습니다. 가진 걸 나누는 것도 이 중 하나라고 생각합니다. 나눔은 상대를 위한 것도 있지만 결국엔 나를 위한 것입니다. 왜 그럴까요? 물이 아래로 흐르는 것과 같은 이치입니다. 흐르는 물은 썩지 않습니다. 내가 가진 지식, 지혜, 경험도 남들과 나눌 때 더 새로운 걸로 채울 수 있습니다. 끊임없이 순환하는 것이지요. 어느 한 곳이 막히면 고이고 썩게 되는 것입니다. 책을 읽는 의미에 대해 생각하면서 나누는 게 당연하다는 걸 이해하게 되었습니다. 내 손에 든 책도 결국 누군가 자신의 이야기를 글로 나누겠다는 마음에서 시작된 것입니다. 저 또한 그들이 쓴 책을 읽고 여전히 변화와 성장을 이어가고 있고요. 그러니 내가 받은 만큼 남에게 나누는 게 지극히 당연한 논리입니다. 나만 좋아지려고 내 안에 담아둔들 누가 알아주기나 할까요? 물론 남이 알아주길 바라고 책 읽고 글 쓰는 건 아닙니다. 그저 내 이야기를 통해 단 한 사람이라도 변화를 경험하길 바라는 마음입니다. 이런 걸 굳이 누가 가르쳐줘서 배워야 할까요? 아마 우리는 모두 알고 있습니다. 알지만 선뜻 실천하지 못할 뿐이라고 생각합니다. 먼저 나눌 줄 안다면 원하는 걸 얻기도 그리 어렵지는 않을 것입니다.

제가 생각에 '읽는 대로 이루어지는 삶'은 기본에 충실한 것입니다. 꾸준함, 습관, 나누는 마음은 저처럼 목표를 달성하기 위해서만 필요한 게 아닙니다. 돈을 벌기 위해, 사업에 성공하기 위해, 명예와 존경받는 삶을 위해서도 꼭 갖추어야 할 태도라고 생각합니다. 기본이 없는데 부와 명예를 얻은들 오래갈 수 있을까요? 저마다의 자리에서 빛이 나는 사람이 있습니다. 우리는 그들을 장인 또는 명장이라고 부릅니다. 그들이 그 자리에 가기까지 여러 노력이 필요했을 겁니다. 그중 제가 생각하는 꾸준함, 습관, 나누는 마음은 빠지지 않을 거로 생각합니다. 지금까지도 그랬듯 앞으로도 꾸준히 습관처럼 가진 걸 나눌 수 있다면 말이죠.

"근원이 깨끗하고 맑으면 그 흐름도 깨끗하고 맑다. 근원이 흐리고 탁하면 그 흐름도 흐리고 탁하다. 모든 것은 근본을 바르게 해야 하는 것이다. 위가 바르면 아래는 저절로 바르게 되는 것이다." – 순자

PART 3

평생
습관이 되는
독서 기술 10

서점 말고 도서관에서 시작하기

투우 경기 중 지친 소가 숨을 고르는 공간이 있습니다. 투우사는 소가 이곳에 있는 동안은 공격해서는 안 됩니다. 소도 투우사와 사투 중 본능적으로 자신이 피난할 곳을 압니다. 이 공간을 '퀘렌시아'라고 합니다. 숨이 가쁜 일상을 사는 우리도 한 번씩 휴식을 취할 자기만의 공간을 가지라고 말합니다. 재충전 없는 삶은 숨을 고르지 않고 달리는 소나 다름 없기 때문입니다.

도서관이 제게는 퀘렌시아였습니다. 2주에 한 번 찾았습니다. 문을 여는 9시에 들어가면 사람도 거의 없습니다. 느릿느릿 이곳저곳을 걸으며 책등에 적힌 제목을 읽어나갑니다. 눈길 끄는 제목에 잠시 멈춰 책을 꺼내 봅니다. 표지부터 저자 소개 프롤로그 목차까지 바람을 탄 나뭇잎이 담장을 넘듯 읽어나갑니다. 그러다 제목이든 저자이든 목차이든 우연히 스친 문장에서든 마음에 드는 책을 만나면 꺼내 듭니다. 0부터 9까지 정리된 분류 기호를 따라 서가를 몇 바퀴 돌면 어느새 일곱 권이 손에 들려있습니다. 일곱 권은 앞으로 2주 동안 저의 또 다른 퀘렌시아가 되어줍니다. 책상 위에 쌓아두고 가방에 한 권씩 넣어 다니며 직장에서 집에서 틈틈이 읽고 재충전과 배움을 이어갑니다. 무엇보다 도서관이 저에게 퀘렌시아가 될 수 있었던 세 가지 이유가 있습니다.

첫째, 돈 없이도 다양한 책을 읽을 수 있다.

책으로 넘쳐나는 곳이 도서관입니다. 도서관은 부지런 떨면 시중 서점 못지않게 다양한 책을 읽을 수 있습니다. 읽고 싶은 책을 다 사 보면 좋겠지만 월급쟁이에겐 부담될 수밖에 없습니다. 그런 부담을 잊게 해주는 곳이 도서관입니다. 또 다른 의미의 퀘렌시아입니다. 문을 여는 시간에 들어가면 새로 도착한 도서가 제법 있습니다. 오후에 갔을 때보다는 선택의 폭이 넓습니다. 그러니 부지런 떨 수밖에 없습니다. 유치해 보일 수 있지만, 빌린 책을 다 읽었다는 자부심도 있지만, 남들보다 먼저 신착을 읽을 수 있다는 것 또한 자부심이었습니다. 그래서 더 자주 이른 시간에 도서관을 찾았습니다.

둘째, 변화와 성장할 수 있는 최고의 공간

도서관에서 2주에 일곱 권만 빌려주는 이유에 대해 생각해 봤습니다. 이틀에 한 권꼴로 읽어야 일곱 권을 읽을 수 있습니다. 직장인, 학생, 주부, 자영업자의 일상은 비슷합니다. 하루 중 여유 시간도 고만고만합니다. 그런 일상에서 이틀에 한 권만 읽어도 독서량이 상당하다고 말합니다. 아마 도서관에서도 이런 사정을 고려해 2주에 빌릴 수 있는 권 수를 제한한 것 같았습니다. 때로는 일곱 권이 부족하기도 했습니다. 꼭 읽고 싶었던 책을 여럿 만나거나 집필을 위해 자료 조사가 필요할 때면 그랬던 것 같습니다. 욕심, 승리욕을 모르고 살았던 제가 도서관에서 책을 빌릴 때만큼은 어디서 생겼는지 모를 욕심과 승리욕을 태웠습니다. 그런 덕분에 지금까지도 책을 놓지 않을 수 있었습니다. 2주 일곱 권은 저만의 루틴이었습니다. 책값의 부담을 줄이고 책에 대한 호기심을 잃지 않고 책을 통해 꾸준히 배우는 저만의 습관을 도서관을 이용하면서 만들었습니다. 제 주변 장소 중 도서관에 꾸준히 다니면서 시간 관리, 책 읽는 습관, 일상을 지키는 루틴을 갖게 되었습니다. 지금까지도, 아니 앞으로도 꾸준히 제 삶은 변화하고 성장해 갈 것이라고 말씀드릴 수 있습니다.

셋째, 책과 더 친해질 수 있는 최적의 장소

자녀에게 책 읽는 습관을 만들어주고 싶으면 도서관을 자주 찾으라고 말합니다. 책을 직접 쥐여주는 것보다 서가를 돌아다니며 원하는 책을 찾게 해주는 게 더 효과 있기 때문입니다. 장소를 변화시켜 주는 것입니다. 물론 도서관까지 가는 건 오롯이 아이의 선택입니다. 억지로 끌어다 놓을 수는 있지만 읽고 안 읽고는 아이의 판단에 따를 수밖에 없습니다. 저 같은 직장인, 학생, 주부도 다르지 않습니다. 집 주변에 도서관이 있어도 찾지 않으면 아무 효과 없습니다. 아이처럼 끌어다 놓을 수도 없는 노릇입니다. 무엇보다 도서관을 찾기 전에 책과 독서에 관심을 가지는 게 순서인 것 같습니다. 관심을 가지려면 자주 접하라는 말이 있습니다. 출퇴근길에 자주 마주치는 이성에게 호감이 생기는 것처럼 말이죠. 처음에는 눈빛만 주고받다가 어느 한쪽이 용기 내서 말을 걸고 받아주면서 관계가 발전하듯이 책을 가까이하는 것도 비슷하다고 생각합니다. 주말이나 퇴근 후 도서관이나 서점을 찾아 눈이 닿는 대로 발길이 움직이는 대로 따라가 보는 겁니다. 조금씩 천천히 눈에 익히고 수줍게 말도 걸어보고 마주해 보세요. 그런 시간이 조금씩 쌓이면 어느새 여러 권이 손에 들려있을 겁니다. 2주 일곱 권 빌리는 게 일도 아니게 될 테고요.

앤드류 카네기는 막대한 부를 쌓았고 이 중 상당한 금액을 공공 도서관 체계를 갖추는데 투자했다고 합니다. "지구상에 공공 도서관처럼 민주주의 요람이 되는 것은 없다. 문자로 이루어진 이 공화국(도서관)에서는 계층이나 공직의 유무, 재산 정도가 아무런 영향을 미치지 못한다." 말했습니다. 책을 읽는 데 계층, 직업, 재산이 필요하지 않습니다. 딱 한 가지만 있으면 됩니다. 가까이 있는 도서관을 찾고 그 안에서 읽고 싶은 책을 찾아 읽어보세요. 공짜로 말이죠. 장소가 사람을 변화시킬 수 있다면, 도서관만 한 곳도 없다고 감히 말씀드리겠습니다.

오디오북 활용법

직장 생활 22년 차입니다. 그동안 직장만 아홉 번 옮겼습니다. 어느 직장이든 정해진 출근 시간보다 1시간 일찍 출근하는 습관이 있습니다. 출근길 정체와 대중교통에서 사람들에게 시달리는 게 싫었습니다. 퇴근은 들쭉날쭉이지만, 출근만큼은 내 의지대로 하고 싶었습니다. 여유롭게 출근한다고 의미 있게 시간을 활용하지는 않았습니다. 운전 중 라디오를 듣거나 대중교통을 이용할 때는 스마트폰을 들여다보는 게 전부였습니다. 출퇴근만으로도 피로가 쌓였습니다. 그래도 직장인이니 자기 계발에 소홀할 수 없었습니다. 다양한 시도를 했습니다. 책도 읽어보고, 토익 공부도 해보고, 자격증 시험도 봤습니다. 그동안 열심히 했다면 뭐라도 하나 성과가 났을 텐데요, 지금 손에 쥔 건 아무것도 없습니다. 숱하게 많은 시간들이 숯처럼 바스라졌습니다. 지난 시간을 되돌릴 수 없지만, 앞으로는 다르게 사용할 수 있습니다. 책을 읽고부터 시간의 가치를 깨달았고 실천하는 중입니다.

2018년부터 책을 읽기 시작했습니다. 무작정 닥치는 대로 읽었습니다. 책을 읽으려면 무엇보다 시간을 만들어내야 했습니다. 깨어 있는 시간 중 일하지 않는 시간 동안이 책을 읽을 수 있는 시간이었습니다. 그 시간 동안 책 읽기를 선택했고 어떻게든 더 많은 시간을 내기 위해 쥐어짰던 것 같습니다. 하루 중 출퇴근이 그나마 시간의 양이 일정했습니다. 자가용으로 왕복 2시간, 대중교통은 3시간 정도 됐습니다. 이 시간 동안 책을 읽는다면 상당한 양을 읽을 것 같았습니다. 방법을 찾는 건 어렵지 않았습니다. 태블릿으로 책을 읽기 시작하면서 오디오북을 활용했습니다. 밑져야 본전이라는 각오로 종이책 말고 전자책을 읽었습니다.

전자책에도 장단점이 있습니다. 종이 질감을 좋아하는 이들에겐 거부감이 듭니다. 화면으로 보니 눈도 피로하고 집중도 잘 안 된다고 합니다. 반대로 저는 몇 가지 장점 때문에 이제까지 이용하는 중입니다.

첫째, 오디오북 기능입니다.
손을 사용해야 할 때나 걸을 때 유용한 기능입니다. 특히 운전 중 들을 수 있는 게 좋았습니다. 라디오를 듣는 것보다 읽고 싶은 책을 듣는 겁니다. 유명 연예인이나 전문 성우가 녹음한 목소리를 들을 수 있는 앱도 있습니다. 제가 이용하는 무료 앱은 컴퓨터가 만들어낸 목소리이지만 집중해 듣기에 무리가 없습니다. 또 목소리 속도 조절도 가능해 빨리 읽습니다.

둘째, 무료 이용이 가능합니다.

유료 앱도 있지만, 무료로 이용 가능한 앱도 있습니다. 지자체 도서관, 학교, 공공기관, 기업체가 운영하는 도서관에 회원 가입 후 이용 가능합니다. 제 경우처럼 지자체가 운영하는 도서관에만 회원 가입해도 책 읽기에 부족함이 없습니다. 저도 지금까지 6백 권 이상을 무료 앱을 이용해 읽었습니다. 신간도 수시로 추가되고 오래된 책도 쉽게 찾습니다.

셋째, 메모, 북마크, 밑줄긋기 등 기능이 있습니다.

읽다가 떠오르는 생각을 메모할 수 있고 중요한 부분에 밑줄을 그을 수 있고 읽다가 멈춘 부분을 표시해 둘 수도 있습니다. 도구만 다를 뿐 종이책을 읽는 것과 다르지 않습니다.

넷째, 휴대가 편리합니다.

무엇보다 가장 큰 장점이 아닐까 생각합니다. 스마트폰,

태블릿 등 휴대기기에 앱만 깔아놓으면 언제든 사용할 수 있습니다. 시간과 공간의 제약 없이 언제 어디서든 책을 읽습니다.

　어떤 일에 탁월해지려면 적어도 1만 시간을 투자하라고 말합니다. 대개는 직장에서 일하는 시간이 쌓여 자기 분야에서 탁월해지는 시간입니다. 본업이 아닌 부업이나 취미를 잘하기 위해서도 어느 정도 시간 투자가 필요합니다. 하루 중 그런 시간을 만들려면 깨어 있는 시간 중 일하지 않는 시간을 활용하는 수밖에 없습니다. 일하지 않는 시간 중 출퇴근 시간의 양이 일정할 것입니다. 그 시간 동안 무엇을 할지는 오롯이 자신의 선택입니다. 예전의 저처럼 라디오나 게임, 동영상, 쇼핑 등 덜 중요한 것들에 시간을 쓸 수도 있습니다. 반대로 지금의 저처럼 이동 중 오디오북을 활용할 수도, 종이책을 읽을 수도 있습니다. 물론 라디오, 게임, 동영상, 쇼핑 등이 무의미하다는 말은 아닙니다. 가치를 어디에 두느냐의 차이일 것입니다. 저는 그 시간에 책 읽기를 선택했을 뿐입니다. 직장에서 학교에서 일터에서 가정에서 각자에게 주어진 일을 해내야 하는 시간이 있습니다. 그 시간 이후 자신을 위해 주어지는 시간도 있습니다. 남은 시간 동안 무엇을 할지는 선택에 따릅니다. 남들과는 조금 다른 삶을 살고 싶다면 나머지 시간을 어떻게 활용하느냐에 달렸다고 생각합니다.

이동 중에 오디오북을 듣는 건 책을 많이 읽기 위해서였습니다. 책을 읽으면 읽을수록 내가 부족하다는 걸 알았기 때문입니다. 부족한 걸 채우기 위해서 많이 읽어야 한다고 정해놓은 건 아닙니다. 누군가는 좋은 책 한 권을 오래 보는 방법을 택할 수 있습니다. 어디까지나 각자의 가치관에 따릅니다. 그때나 지금이나 저는 다양하게 많이 읽고 싶습니다. 많이 읽기 위해 시간이 필요했고, 시간이 나는 대로 틈틈이 읽으려면 여러 방법을 활용해야 했습니다. 운전 중 오디오북 듣기도 그중 하나였습니다.

책 읽는 방법도 시간도 사람마다 다를 것입니다. 어느 방법이 맞고 틀리다고 할 수 없는 문제입니다. 책 읽는 방법을 따지기 이전에 왜 읽고 무엇을 배우고 싶은지 묻는 게 먼저일 테니까요. 아무리 오디오북으로 많이 읽어도 남는 게 없다면 시간 낭비한 거나 다름없습니다. 그렇다고 책 한 권을 모두 내 것으로 만들 수도 없을 것이고요. 중요한 건 어떤 방법으로 책을 읽든 내가 무엇을 배웠느냐입니다. 저는 많이 읽되, 적어도 한 권에서 하나는 배우겠다는 마음으로 읽었습니다. 한 문장일 수도 있고, 책 속 사례나 저자의 경험에서 배운 것도 있습니다. 이렇게 하나라도 내 것이 되는 독서를 한다면 책을 읽기 위해 투자하는 시간이 더 가치 있을 거로 생각합니다. 그 시간이 쌓이면서 조금씩 성장할 테니까요.

시간활용을 제대로 못 했던 때가 있었습니다. 시간이 남으면 게임, 동영상, 쇼핑으로 때웠습니다. 그러다 책을 읽기 시작하면서 시간의 가치를 깨닫게 되었습니다. 책 보는 시간을 늘리기 위해 오디오북을 선택하게 되었고요. 시간이 부족해서 책을 못 읽었던 게 아니었습니다. 시간을 올바로 사용하지 못했기 때문에 책 읽는 시간을 만들지 못했습니다. 하지만 지금은 오디오북을 꾸준히 읽은 덕분에 천 권 넘게 읽을 수 있었습니다. 천 권을 읽은 덕분에 이전과 다른 나로 살아가게 되었고요. 변화는 방법을 달리하면서도 시작할 수 있습니다. 특히 시간 사용 방법을 달리해보면 변화의 속도도 빨라질 것입니다.

중고서점에서 독서 성향 파악하기

빌 게이츠는 경매에 나온 레오나르도 다 빈치의 노트를 350억에 낙찰받았습니다. 그는 다 빈치를 "당시 지구상에 알려진 거의 모든 것을 이해하기 직전의 경지에 이르렀다"라고 표현했습니다. 빌 게이츠는 그의 노트에서 다양한 영감을 얻었다고 말했습니다. 오래된 것들에는 그만한 가치가 담겨 있는 것 같습니다. 다 빈치의 노트처럼 다양한 아이디어가 정리되어 있고, 당시의 시대상, 정신, 문화를 담고 있기도 합니다. 현재를 사는 우리에게 과거의 유산은 미래를 새롭게 보는 눈을 갖게 해줍니다. 빌 게이츠가 영감을 받은 것처럼 말이죠. 그러니 낡고 오래된 것에서도 가치를 발견하는 노력은 삶을 풍성하게 해주는 것 중 하나라고 생각합니다.

저는 책을 크게 네 가지 기준으로 구분합니다. 전자책으로 빌려보는 책, 도서관에서 빌려보는 종이책, 중고서점에서 사는 오래된 책, 서점에서 사서 읽는 신간으로 구분합니다. 네 가지 기준에는 저마다의 의미와 목적이 있습니다.

첫째, 전자책으로 빌려보는 책

빌려보는 전자책의 가장 큰 장점은 돈이 안 든다는 겁니다. 부담이 없어서 다양하게 읽습니다. 또 부담 없이 시작하니 언제든 멈출 수 있습니다. 책은 무엇보다 재미있어야 한다는 게 저의 지론입니다. 그러니 재미있으면 끝까지 듣고 그렇지 않으면 다른 책으로 넘어갑니다. 굳이 억지로 다 들어야 할 필요 없습니다. 시간 낭비일 뿐입니다. 사서 읽었다면 그러지 못하겠지만 빌린 책이라 괜찮습니다. 그러려고 빌려보는 거니까요. 내용이 잘 들린다는 건 둘 중 하나입니다. 책 수준이 나와 잘 맞거나 필력이 좋아 잘 읽히게 썼다는 겁니다. 이런 책 중 보관하고 싶은 책이 더러 생깁니다. 그때 중고로 먼저 알아보고 없으면 신간을 구매합니다.

둘째, 도서관에서 빌려보는 책

전자책과 마찬가지로 돈이 들지 않습니다. 다만 도서관으로 오고 가는 수고는 해야 합니다. 도서관이 좋은 점은 신간을 접하고 오래된 책도 만나고 종이책의 질감과 분위기를 경험할 수 있습니다. 단점은 책을 마음대로 할 수 없다는 점입니다. 마찬가지로 마음에 드는 책이 있다면 서점에서 구매해 소장하기도 합니다. 전자책, 도서관 두 곳을 이용하는 건 다양한 책을 읽어보며 나의 관심사를 찾아가는 역할을 해준다는 겁니다.

셋째, 중고서점에서 사는 책

제목과 저자만 보고 마구잡이 책을 샀던 때가 있었습니다. 중고서점에서도 점유율이 높은 책은 검증되었다고 할 수 있습니다. 중고로 많이 나왔다는 건 이미 많은 사람이 읽었다는 방증입니다. 그러니 제목과 저자만으로도 믿고 살 수 있는 책들입니다. 누구나 알만한 책을 쉽게 만날 수 있다면 반대로 덜 알려져 숨겨진 보물 같은 책을 만날 수 있는 곳이기도 합니다. 남들에게 별로인 책이 나에게는 특별할 수도 있습니다. 그런 책을 만나는 건 읽어보지 않고는 알 수 없습니다. 새 책을 산다면 부담이 됩니다. 중고 책은 새 책의 절반 또는 절반의 절반 가격으로 구매할 수 있는 게 매력입니다. 설령 선택이 틀렸다고 해도 부담이 덜 것입니다. 반대로 기대 이상의 책을 만났다면 그만한 가성비가 없을 테니까요.

넷째, 신간으로 사서 읽는 책

이제까지 신간이나 새 책을 산 비율이 가장 낮았습니다. 새 책 구매를 망설이는 편입니다. 새 책은 검증이 안 되었다고 생각합니다. 일정 기간 독자의 반응을 두고 본 뒤 구매하는 편입니다. 제목만 그럴듯한 책이 많고, 완벽히 홍보에 속아서 그저 그런 책을 사는 일도 있기 때문입니다. 새 책을 구매할 때는 독자의 반응에 의지할 수밖에 없습니다. 중고서점에서 사는 책보다는 위험부담이 있다는 의미입니다. 그러니 망설이게 됩니다. 저의 취향과 독자의 평이 일치될 때 지갑을 열었습니다.

매일 쏟아지는 새 책에서 읽고 싶은 걸 고르기도 어렵습니다. 또 오래 읽히는 좋은 책을 찾는 것도 만만치 않습니다. 그렇다고 읽고 싶은 책을 모조리 살 수도 없는 노릇입니다. 월급쟁이가 한 달에 십여 권씩 사는 건 살림에도 부담됩니다. 비용이 부담된다고 책을 읽지 않는 건 살을 빼고 싶다면서 운동을 하지 않는 것과 다르지 않습니다. 읽고 싶은 책을 마음껏 사서 읽으면 더 바랄 게 없습니다. 누구나 그럴 수 있으면 좋겠습니다. 중요한 건 수많은 책 중에서 나에게 맞고 나를 성장시킬 수 있는 가치를 품은 책을 발견하는 것입니다. 발견은 관심에서 출발합니다. 관심은 다양하게 두루 살피는 것입니다. 이곳저곳 둘러보다가 눈에 띄는 게 발견일 테고요. 그러려면 다양한 곳으로 눈을 돌릴 수 있어야 합니다. 저에게는 전자책과 도서관이 그런 역할을 해줬습니다. 방법은 저마다 구할 수 있습니다. 이러한 과정을 통해 자신에게 맞는 책을 발견한다면 그 시간과 노력이 결코 헛되지 않을 것입니다.

"책을 사느라 들인 돈은 결코 손해가 아니다. 오히려 훗날에 만 배의 이익을 얻게 될 것이다." 송나라 문장가이자 개혁 정치가 왕안석의 말입니다. 책을 읽기 위해 반드시 새 책을 사야 하는 건 아닙니다. 헌책이라고 그 책에 담긴 의미가 달라지지 않습니다. 자신의 상황과 관심사에 맞게 책을 고르는 게 먼저라고 생각합니다. 나에게 꼭 필요한 책이 헌 책이면 어떤가요? 중요한 건 그 책에서 내가 얻는 게 무엇인지일 것입니다. 새 책에서 느낄 수 있는 재미와 느낌이 있을 겁니다. 또 헌책이 주는 감성도 있을 겁니다. 보석은 시간이 흘러도 보석입니다. 시간의 때가 묻을수록 더 가치 있을 테고요. 책도 그런 것 같습니다. 나에게 보석 같은 책이라면 새 책이든 헌책이든 중요하지 않습니다. 나에게 가치 있는 책이라면 손때가 묻어도 빛을 발할 것입니다. 그 빛은 결국 나를 더 빛나게 해줄 테고요. 만 배의 이익도 물론 가져다 줄 거로 믿습니다.

하루를 기록하면 책을 읽을 시간이 보인다
– 플래너 작성하기

해마다 연말 연초에 사람으로 붐비는 곳 중 하나가 문구점입니다. 내년도 다이어리를 준비하려는 사람으로 말이죠. 직장에 다니면 특히 더 찾게 됩니다. 한 해를 반성하고 새로운 각오로 다가올 새해를 맞기 위해서입니다. 다이어리를 잘 활용하면 업무 효율을 몇 배 끌어올리기도 합니다. 저는 각오를 다지는 용도로만 잠깐 사용했던 것 같습니다. 가방에 넣고 다녀도 제대로 활용하지 못했고, 시간이 갈수록 가방에 넣고 다니는 것조차 무거울 뿐이었습니다.

다이어리를 사용하는 목적은 일정 관리와 기록이라고 저는 생각합니다. 일과 친목을 위해 일정을 기록합니다. 다양한 업무를 효과적으로 해내기 위해 진행 상황과 해야 할 일의 목록을 작성합니다. 기억을 믿지 말고 기록을 믿으라는 말처럼 말이죠. 일정과 해야 할 목록을 매일 기록하면 적어도 놓치는 실수는 줄어들 것입니다. 또, 한 일과 해야 할 일이 눈으로 보이기 때문에 업무 효율도 높일 수 있습니다. 자기만의 방식으로 꾸준히 기록하면 이보다 더 효과적인 도구도 없습니다.

저도 한때 다이어리를 작성했었습니다. 책을 읽기 시작했을 무렵입니다. 읽지 않던 책을 읽으려니 시간이 필요했습니다. 직장에 다니면서 남는 시간이 얼마나 되는지 대충은 압니다. 남는 시간은 있지만 이를 어떻게 활용할지는 온전히 자신의 노력에 달렸습니다. 이왕 시작한 독서 제대로 해보고 싶었습니다. 그래서 하루를 어떻게 사는지 기록해 보기로 했습니다. 꼼꼼하지 못한 성격이라 매일 쓰는 게 만만치 않았습니다. 지금은 다이어리를 쓰지 않지만, 그때 1년 정도 기록한 덕분에 시간을 효과적으로 사용하는 방법을 익히게 되었습니다.

다이어리(플래너) 종류는 중요하지 않습니다. 저는 3P 바인더를 사용했었습니다. 기존에 사용하던 것도 좋고 스스로 필요한 내용만 넣어서 만들어도 됩니다. 시중에는 만든 사람에 따라 몇 가지 기능이 들어 있습니다. 월간 계획, 주간 계획, 일일 계획, 시간(분) 단위 To Do 리스트 등으로 구성됩니다. 모든 칸을 작성하는 것도 좋지만, 익숙하지 않으면 숙제처럼 부담될 수 있습니다. 대신 일과만 기록해 보는 겁니다. 일어나서 잠들 때까지 시간 단위별로 어떤 일을 했는지 매일 기록해 보세요. 기록을 하지 않았을 때는 하루가 막연할 수 있습니다. 구체적으로 기록해 보면 내가 무엇을 하며 하루를 보내는지 눈에 들어옵니다. 무엇보다 아무 일도 하지 않는 시간이 언제인지 자세히 보입니다. 저도 1년 넘게 다이어리를 쓰면서 남는 시간이 보였고, 눈에 보이는 시간을 낭비할 수 없었습니다. 그 덕분에 매일 책 읽는 시간을 스스로 만들게 되었습니다.

관심사는 많을수록 좋다, '잔뿌리 독서법'

올림픽에서 메달을 많이 따는 나라에는 특징이 하나 있습니다. 각각의 종목마다 선수층이 두껍다는 것입니다. 이 말은 해당 종목을 즐기는 인구, 즉 선수가 많다는 의미입니다. 선수가 많으면 실력이 뛰어난 선수를 발굴하기 수월합니다. 우수한 기량을 가진 선수가 많으니 당연히 성적도 좋아지고요. 뿌리가 깊고 넓은 나무가 쉽게 흔들리지 않는 것처럼 말이죠. 마찬가지로 책도 다양한 주제를 읽으면 넓고 깊게 단단한 뿌리를 가진 사람이 될 수 있습니다.

계획성이 없던 저는 책도 무작정 읽기 시작했습니다. 목적이 없으니 쉬운 내용 위주로 읽었습니다. 그때는 누군가의 성공 이야기에 관심이 많았습니다. 아무래도 퇴직을 고민할 때여서 그랬던 것 같습니다. 저마다 다양한 환경에서 성공을 이룬 이들의 이야기에 마음이 움직였습니다. 돈벌이가 될 만한 일에 고민 없이 달려들기 몇 차례 했었습니다. 결과는 백전백패였습니다. 생각과 현실은 달랐습니다. 자기계발서를 읽을 때는 동기부여가 됩니다. 읽고 나도 의욕이 끓어올랐습니다. 하지만 결국 원점으로 돌아가는 게 대부분이었습니다. 이유를 알기까지 그리 오래 걸리지 않았습니다. 남의 이야기에 나를 맞출 게 아니라 나만의 이야기를 써야 했습니다. 내가 정말 하고 싶은 게 무엇인지 찾는 게 먼저였습니다.

심리학을 읽기 시작했습니다. 사람들은 어떤 마음의 병을 가졌는지 들여다봤습니다. 그들을 보면서 내 마음에 어떤 병이 있는지 꺼내 봤습니다. 부모님의 잦은 불화가 미친 영향, 형들을 멀리한 이유, 사람을 잘 사귀지 못하는 원인 등을 되짚어봤습니다. 이전까지는 외면했던 문제였습니다. 문제를 해결하려면 문제가 무엇인지부터 올바로 봐야 했습니다. 심리학은 저에게 내 문제가 무엇인지 보고 답을 찾게 도왔습니다.

심리학이 학문이라면 에세이는 주변 사람들의 이야기였습니다. 다양한 에세이를 읽으며 주변 사람들이 어떤 일상을 보내고 그 안에서 무슨 의미를 발견하는지 읽었습니다. 대단한 내용이 아니었습니다. 우리가 흔히 접하는 돈 문제, 사람 사이 문제, 마음의 병, 직장에서의 갈등, 가족 안에서 일어나는 일 등 현실에 존재하는 이야기였습니다. 그들이 용기 내서 자신의 이야기를 꺼냈듯 나도 용기를 낼 수 있을 것 같았습니다. 그래서 내 이야기를 꺼내게 되었습니다. 그 덕분에 내가 어떤 사람인지 하나씩 알아갈 수 있었습니다.

어렵다는 철학에도 도전했습니다. 요즘은 철학도 비교적 쉽게 풀어 써 주는 작가가 많았습니다. 고전 철학을 현재에 맞게 재해석한 책들입니다. 쉽게 풀었다고 해도 여전히 이해 안 되는 내용도 있었습니다. 욕심내지 않고 이해되는 것만 꼭꼭 씹어 삼켰습니다. 읽고 사색할수록 질문이 많아졌습니다. 앞으로 어떻게 살아야 하는지부터 가치 있는 삶이 무엇인지 물었습니다. 답이 쉽게 나오지 않았습니다. 생각해보면 이런 고민을 안 하고 살았던 때가 있었습니다. 다행히 책을 읽으면서 사색하는 시간을 가졌고 그 자체로 의미 있었습니다.

가끔은 소설도 읽었습니다. 이전에는 소설은 단순히 재미있는 이야기를 한 편 읽는다고 생각했었습니다. 줄거리에만 집중했었습니다. 심리학, 에세이, 철학 등을 읽고 보니 소설 속 인물이 다르게 보였습니다. 어쩌면 소설 속 인물은 우리 주변에 존재하는 사람들입니다. 세상과 사람을 이해하기 위해 소설을 읽었다는 삼성 창업주 고 이병철 회장의 말이 생각났습니다.

넓은 선수층을 가지려면 일상에 스포츠를 접할 수 있는 환경을 만들어줘야 합니다. 스포츠가 생활 속으로 들어왔을 때 꾸준할 수 있습니다. 그런 환경을 만들어낸 나라들이 올림픽은 물론 세계 무대에서 뛰어난 성적을 냅니다. 책을 꾸준히 읽는 것도 다르지 않습니다. 한 분야만 파는 것도 물론 필요합니다. 하지만 살다 보면 생각지 못했던 다양한 사건 사고를 접하게 됩니다. 알아서 잘 해내는 것도 있지만, 몰라서 주저하고 실패하는 일도 있기 마련입니다. 모든 걸 완벽하게 대처하지는 못하겠지만, 그래도 꾸준히 다양하게 배운다면 실패를 줄여갈 수 있습니다. 또 다양한 분야에 관심을 둔다면 한 우물만 파는 것보다 덜 지루하고 폭넓게 배웁니다. 세상일 서로서로 닿아있다고 했습니다. 자기계발서에서 배운 걸 심리학에 활용할 수 있고, 에세이에서 얻은 걸 경제경영 분야에서 써먹기도 합니다. 창의적인 발상이 삶을 풍요롭게 만들어 주기도 하고요. 창의적인 발상은 기존의 사고를 연결하는 데 있다고 스티브 잡스가 말했습니다. 그가 IT 기술과 연관 없는 서체 수업을 들은 것처럼 말이죠.

나무가 바람에 흔들려도 쉽게 부러지지 않는 건 땅을 움켜쥔 잔뿌리 덕분입니다. 넓고 깊게 땅을 움켜쥐고 있는 힘이 나무를 지탱해 줍니다. 독서도 이런 방법으로 할 수 있습니다. 이름하여 다양한 주제에 관심을 두고 읽는 '잔뿌리 독서법'입니다. 우리는 살면서 다양한 일을 겪습니다. 잔바람에 가지가 흔들리고 강한 바람에 줄기가 휘청이기도 합니다. 누군가는 잔바람에 삶이 흔들리기도 하고 또 누군가는 태풍이 불어도 꿈쩍 안 합니다. 그 차이는 어떤 뿌리를 갖고 있느냐입니다. 많이 흔들려본 나무가 바람에 강한 법입니다. 우리도 다양한 경험을 해본 사람이 잘 버텨냅니다. 그런 경험을 우리는 책을 통해 할 수 있다고 배웠습니다. 타인의 경험을 통해 나의 뿌리를 단단히 할 수 있습니다. 책을 통해 관심 있는 주제부터 전문 영역까지 두루 경험해 보는 겁니다. 그 시간이 쌓이면 잔뿌리가 땅을 움켜쥘 것입니다. 어떤 바람에도 쉽게 흔들리지 않게 말이죠.

뿌리가 뻗는 데 방향이 정해지지 않습니다. 앞에 무엇이 있는지 중요하지 않습니다. 당장 할 수 있는 만큼만 뻗어갈 뿐입니다. 우리도 마찬가지입니다. 주제에 제한을 두기보다 마음 가는 대로 시도해 보는 겁니다. 읽다가 잘 안 읽히면 멈추면 됩니다. 그리고 다시 다른 책을 읽어보세요. 그렇게 다양하게 읽는 시도가 결국엔 다양한 관심사를 갖는 바탕이 되어줄 것입니다.

독서 효율을 높여 주는
'묶어 읽기'

    지도 앱을 이용해 목적지를 검색하면 다양한 경로로 거리와 도착 시간을 알려줍니다. 이 중 상황에 맞게 선택하면 됩니다. 시간이 부족하면 빠른 길을, 여유가 있으면 조금 돌아가는 길을 선택할 수 있습니다. 다양한 경로를 알려주는 이유는 돌아가고 막히는 길을 피해 최대한 일찍 도착할 수 있게 돕는 겁니다. 우리도 목적을 정해 계획을 세우고 정해진 시간 동안 과정을 거쳐 목적을 달성합니다. 이때도 불필요한 수고를 없앰으로써 보다 효과적으로 목적을 이루게 됩니다. 삶에서든 지도를 통해서 목적지를 찾든 불필요한 과정을 최대한 줄이면 보다 빨리 원하는 걸 얻게 될 것입니다.

    끊임없이 먹으며 셀 수 없을 만큼 다이어트를 시도했습니다. 시도만 있을 뿐이었습니다. 나이 들수록 몸은 정직해졌습니다. 달라져야 한다고 생각했지만 정작 내 몸에 맞는 방법을 고민해보지 않았습니다. 주변에서 주워들은 것들로 시도했었습니다. 사람 생김새가 제각각이듯 내 몸에 맞는 다이어트도 있기 마련입니다. 그런 고민 없이 시도한 다이어트가 잘될 리 없습니다. 마흔넷, 다시 한번 결심했습니다. 이번에는 달랐습니다. 운동할 수 있는 상황이 아니어서 우선 식단관리부터 시작하기로 했고, 간헐적 단식을 공부해 보기로 했습니다. 같은 주제로 몇 권을 읽어보니 공통으로 다루는 내용이 있었습니다. 살이 빠지는 원리는 운동도 필요하지만, 당이 든 음식을 조절하는 게 더 중요했습니다. 당이 든 음식은 우리 주변에 숨 쉬는 공기만큼이나 다양했습니다. 그동안의식 없이 먹었던 것들이 지방과 콜레스테롤이 되어 내 몸에 쌓였습니다. 그래서 당을 줄였습니다. 다음으로 자연 상태의음식 재료를 우선 먹는 걸 실천했습니다. 이 둘만 잘 지켜도살이 빠지고 건강한 몸이 될 수 있다고 알려줬습니다. 더 다양한 책을 읽으면서 내 상황에서 할 수 있는 최적의 방법을찾고 행동했습니다. 시시때때로 마시던 음료수를 끊고 과자나 빵 먹는 횟수를 최소화했습니다. 그렇게 배운 대로 실천했더니 3개월 만에 10킬로그램을 뺄 수 있었습니다. 내친김에 운동도 시작하면서 근육도 단련했습니다. 여러 주제로 다양하게 읽다 보니 저 나름의 중심을 잡게 되었습니다. 그 덕분에 성과도 빨리 볼 수 있었고요. 그렇게 시작한 식단관리를 지금까지 이어오고 있습니다. 여전히 같은 체중을 유지하면서 말이죠.

책을 읽을수록 더 많이 잘 읽고 싶었습니다. 제 경우처럼 적지 않은 나이에 책을 읽기 시작했다면 부족한 시간 때문에 효율적으로 읽고 싶을 수 있습니다. 또 이왕이면 제대로 읽고 싶은 욕심도 생깁니다. 그러다 보니 독서법에 관심이 갔습니다. 다이어트 방법 못지않게 독서법도 다양했습니다. 여러 방법을 읽어보니 도움이 되는 부분도 있었고 그렇지 않은 내용도 있었습니다. 무작정 따라 하자니 내 상황에 맞지도 않았습니다. 오히려 독서에 흥미를 잃을 수도 있을 것 같았습니다. 수십 권을 읽고 얻은 결론은 세상에 내가 유일하듯 독서법 또한 내가 정한 방법이 최선이라는 겁니다. 형식에 얽매일 필요 없이 내 상황에 맞게 내 역량껏 읽고 정리하는 것입니다. 중요한 건 무엇을 배웠는지 어떤 걸 실천할지를 스스로 정리하고 선택한다는 겁니다. 그렇게 꾸준히 실천하면 결국 자신만의 독서법을 갖게 될 것입니다. 이러한 기준을 세울 수 있었던 것도 독서법 관련 책을 묶어서 읽었기에 가능했습니다.

다이어트와 독서법을 익히는 데 묶어 읽기를 활용했었습니다. 묶어 읽기의 장점은 크게 세 가지입니다.

첫째, 책 읽는 시간을 줄여줍니다. 다이어트, 독서법, 주식 투자, 글쓰기, 창업 등 각각의 분야마다 원칙과 원론이 존재합니다. 같은 주제의 책은 이 같은 원칙을 언급하는 게 빠지지 않습니다. 이 말은 여러 책을 읽으면 중복되는 내용이 있다는 겁니다. 다른 책을 통해서 이미 알고 있는 내용만 피해도 책 읽는 시간을 상당히 줄일 수 있습니다.

둘째, 다양한 경험을 접할 수 있습니다. 투자에 성공한 경험도 중요하지만 실패한 사례를 많이 접하는 게 도움이 됩니다. 실패에서 배울 게 더 많기 때문입니다. 그러니 같은 주제의 다양한 경험이 많으면 많을수록 실패를 줄일 확률이 높아질 것입니다.

셋째, 자기만의 기준을 세울 수 있습니다. 저자마다 성공공식을 말합니다. 어디까지나 저자의 기준입니다. 그들의 기준을 참고할 수 있지만 내 기준이 되어서는 안 됩니다. 소믈리에는 한 가지 기준으로 와인을 판단하지 않습니다. 무엇보다 취향에 따라서도 안 될 것입니다. 내가 얻고자 하는 정보를 객관적으로 판단할수록 명확한 기준을 세울 수 있습니다.

한때 총알택시가 있었습니다. 야근이나 술자리가 길어지면 버스가 끊기기도 합니다. 강남역, 잠실역, 홍대입구역 등 사람이 많이 몰리는 곳에서 서너 명이 택시비를 부담해 각자가 원하는 곳까지 갈 수 있었습니다. 택시 기사는 빨리 데려다 줄수록 다음 운행을 또 할 수 있습니다. 한편으로 서로가 윈윈하는 방법입니다. 총알택시는 승객과 기사의 필요에 따라 만들어졌습니다. 불법이라 지금은 사라졌지만 말이죠. 다행히 전문성을 키울 수 있는 묶어 읽기는 불법이 아닙니다. 자기의 필요에 따라 얼마든 다양한 책을 모아 읽을 수 있습니다. 묶어 읽기만큼 저자와 독자가 윈윈하는 방법도 드뭅니다. 독자는 다양한 책을 선택할 수 있어서 좋고, 저자는 내 책을 읽힐 기회가 많아져서 좋을 것입니다. 말 한 마리가 끄는 마차보다 여러 마리가 끄는 마차가 더 빠릅니다. 당연히 잘 달리는 말로 내가 선택할 수 있습니다. 끼리끼리 묶어서 남들보다 빨리 달릴 수 있다면 안 할 이유 없겠지요. 그런 마차라면 분명 원하는 목적지에 다른 마차보다 빨리 데려다줄 것입니다.

손끝에 책을 둬라

행복은 강도가 아닌 빈도라고 합니다. 어쩌다 한 번보다 평소에 자주 경험하면 만족도가 높아진다는 의미입니다. 얼굴을 자주 마주친 짝사랑 남녀가 고백에 성공할 확률이 높습니다. 또 중요한 사실을 오래 기억하려면 같은 내용을 반복해서 보면 효과 있습니다. 복싱에서 잽을 많이 허용한 상대방이 한 방에 무너지는 경우가 더 많습니다. 이처럼 행복도 사랑 고백도 장기 기억도 챔피언이 되는 방법도 익숙하리만치 자주 반복하는 것입니다. 책을 많이 읽는 방법도 다르지 않다고 생각합니다. 저도 틈틈이 책을 읽을 수 있었던 건 늘 손이 닿는 곳에 책을 두었기 때문입니다. 자주 보고 자주 만날수록 좋아지고, 좋아지면 늘 가까운 곳에 두고 싶은 마음이 지난 7년 동안 1천 5백 권 이상 읽은 원동력이나 다름없습니다. 그때나 지금이나 책을 가까이하는 저만의 방법은 이렇습니다.

첫째, 가방을 들고 다닙니다.

아홉 번 직장을 옮기는 동안 다양한 지역과 여러 성격의 건설회사에 다녔습니다. 집에서 10분 거리부터 자가용으로 1시간 반, 때로는 주말부부가 되기도 했습니다. 현장 업무와 맞지 않아 본사 근무를 십수 년 해왔습니다. 본사는 그나마 1시간 이내 출근이 가능했습니다. 잦은 외근 탓에 대중교통보다 자가용을 주로 이용했습니다. 그러니 가방을 들고 다닐일이 거의 없습니다. 그러다 책을 읽기 시작하면서 조수석에 가방을 챙겨 다녔습니다. 가방 안에는 별것 없었습니다. 책 한 권 들어있는 게 전부입니다. 이유는 단순했습니다. 외근 나가거나 남는 시간이 생기면 책을 펴 읽기 위해서였습니다. 운전 중 듣는 오디오북과는 별개로 늘 종이책 한 권씩 챙겨 다녔습니다. 중고서점에서 사거나 도서관에서 빌린 책들이 늘 가방에 있었습니다.

둘째, 스마트폰을 끼고 살았습니다.

스마트폰 없는 일상이 불편해지는 게 요즘입니다. 통화는 기본, 은행 업무, 증명서 발급, 장보기, 문서 작성까지 못하는 게 없습니다. 남는 시간 지루하지 않게 음악, 게임, 쇼핑, 영화 등 다양한 놀이도 즐길 수 있습니다. 까딱 넋을 놓고 있다가는 몇 시간 날리는 건 일도 아닙니다. 그러니 손에서 스마트폰이 떨어지는 경우가 거의 없다고 해도 과언이 아님니다. 이 점을 십분 활용했습니다. 전자도서관에서 빌린 책을 운전 중, 이동 중, 때로는 화장실 가서도 열어봤습니다. 운전 중에는 귀로, 업무 미팅 전에는 눈으로, 걸으며 이동할 때도 귀로 들었습니다. 가방을 두고 나갈 때에도 스마트폰은 들고 다녔습니다. 그러니 읽을 책이 없어서 못 읽었다는 핑계는 통하지 않았습니다. 손에 떨어지지 않는 스마트폰 덕분에 수시로 책을 펼칠 수 있었습니다.

셋째, 집 여기저기 책을 깔아놓았습니다.

책을 사서 읽기보다 도서관에서 빌려봤습니다. 관심사와 맞는 책을 선택하기 위해 다양한 책을 빌렸습니다. 빌린 책 중 소장하고 싶은 책은 중고서점이나 새 책으로 구매했고요. 도서관에서는 2주에 7권을 대출해 줍니다. 빌려온 책은 책상 위에 자리 잡습니다. 그중 다시 가방에 넣고 다니는 책과 집에서 읽는 책으로 나눕니다. 책상에 올려둔 책들은 시시때때로 펼쳐봅니다. 또 그중 빠르게 읽어보는 책과 그렇지 않은 책으로 구분합니다. 천천히 읽는 책 중에는 다시 소장할 책과 그렇지 않은 책으로 또 나눕니다. 빌린 책을 읽는 사이 소장할 책들이 다시 책상 위를 채웁니다. 이런 과정을 반복하다 보면 자연히 책상 위에 책이 안 보이는 날이 없습니다. 늘 손이 닿은 곳에 책이 몇 권씩 쌓여 있습니다. 그런 덕분에 매일 책을 읽을 수 있었습니다.

시시때때로 책을 읽다 보니 때로는 읽는 데만 집중하는 건 아닌지 회의가 들기도 했었습니다. 올바로 읽는 건지 의심이 들기도 했습니다. 많이 읽는 게 잘 읽는 건 분명 아닙니다. 제 딴에 많이 읽어야 할 이유와 목적이 있습니다. 하지만 한 번씩 그런 생각이 들 때면 책을 내려놓기도 합니다. 책 읽기를 포기한다기보다 다시 한번 점검하는 겁니다. 복싱에서 맞는 사람도 힘이 빠지지만, 때리는 사람도 체력이 떨어지기는 마찬가지입니다. 그래서 힘을 적절히 분배하기 위해 속도 조절이 필요한 법입니다. 책을 내려놓는 것도 같은 이유에서입니다. 그래도 늘 눈에 보이는 곳에 책이 있었습니다. 언제든 마음 정리가 끝나면 곧바로 다시 읽을 수 있게 말이죠. 과거의 저는 끈기보다 포기에 더 익숙했습니다. 적당한 핑계가 생기면 귀찮고 힘든 일은 포기하고 외면해 버렸습니다. 더는 그렇게 살고 싶지 않았고 앞으로 그래서도 안 됐습니다. 적당히, 핑계 낌에 같은 자기 합리화는 더는 없습니다. 그러기 위해 늘 보이는 곳과 손끝이 닿는 곳에 책을 둡니다.

아리스토텔레스는 만물이 물, 불, 흙, 공기의 4원소로 구성되었고, 각각의 원소는 서로 다른 성질로 이루어져 있다고 믿었습니다. 이 두 가지 성질 중 하나를 바꾸면 전혀 다른 물질을 만들 수 있고 이런 원리를 이용해 금을 만들 수도 있다는 게 연금술의 시작이었습니다. 아리스토텔레스의 이론

대로라면 어떤 금속이든 금으로 바꿀 수 있다고 믿었습니다. 아쉽지만 연금술은 환상일 뿐이었습니다. 금속을 금으로 바꾸지는 못해도 사람은 책을 읽고 변할 수는 있습니다. 이런 마법 같은 일이 고대부터 현재에 이르기까지 끊임없이 이어지고 있습니다. 스티븐 킹은 "책은 특별히 휴대 가능한 마법이다"라고 말했습니다. 아마 우리가 책을 통해 얻을 수 있는 마법과 같은 변화가 연금술의 마법보다는 더 현실적입니다. 손끝에 책을 두고 항상 휴대하고 늘 읽는다면 말이죠. 멀리 찾을 게 아니라 이 글을 쓰는 제가 그 증거이기도 합니다. 시도 때도 없이 책을 읽은 덕분에 책도 쓰고, 강연도 하고, 평생 직업도 찾았습니다. 아홉 번 이직으로 미래가 불투명했던 저에게 이보다 더한 마법은 없을 것입니다. 단지 책을 손끝에 두고 읽기만 했는데 말이죠.

기록이 주는 또 다른 기쁨

2년째 매일 일기를 쓰고 있습니다. 일기를 쓰기 시작한 이유는 글 쓰는 데 도움을 받기 위해서입니다. 글쓰기가 어려운 이유 중 하나는 글감입니다. 글감이 쉽게 떠오르면 그만큼 글쓰기도 수월해집니다. 그러니 글을 더 잘 쓰고 싶다면 훈련이 필요했습니다. 2년째 연습해 오고 있지만, 얼마나 좋아졌다고 숫자로 말하기 곤란합니다. 단지 처음보다 조금은 수월해졌다고 스스로 느끼는 정도입니다. 이조차도 일기를 쓰지 않았다면 나아지지 않았을 겁니다. 무슨 일이든 성과가 나기까지 시간이 걸리는 법입니다. 당장에는 의미 없어 보이는 것도 시간으로 인해 가치가 더해집니다. 기록으로 남기는 모든 것이 그런 것 같습니다. 기록은 시간이 흐르고 난 뒤 그 가치를 갖고 그로 인해 기쁨도 만끽하게 될 것입니다.

칠순이 넘은 어머니가 입버릇처럼 하는 말이 있습니다. '무슨 말을 하려고 했는데 돌아서면 까먹어버린다'고요. 저도 오십이 다 되니 그 말에 공감하게 되었습니다. 기록해 놓지 않으면 다시 생각해 내는 게 쉽지 않을 나이입니다. 며칠 전 일도 기억 못 하는 경우가 다반사입니다. 그런데도 기록과는 거리가 먼 삶을 살아왔습니다. 기억력을 믿는 건 아니었지만 기록하는 습관과 방법을 몰랐던 것 같습니다. 책을 읽기 시작하면서 자연히 기록에 관심을 가졌습니다. 한 권 한 권 읽어내는 책들이 저에겐 소중했습니다. 어떤 형태로든 기록으로 남기고 싶었습니다. 꼼꼼하고 세심한 성격이 아니어서 기록에 시간을 투자하지는 못할 것 같았습니다. 내 상황에서 시간과 노력을 덜 들이는 방법을 선택했습니다. 적어도 내가 어떤 책을 얼마나 읽고 있는지 아는 게 필요하다고 생각했습니다.

책 한 권에 담긴 내용을 완벽하게 이해하고 기억하지 못합니다. 그럴 필요도 없다고 저는 생각합니다. 수많은 내용을 기억에 남기려면 오래 두고 읽어야 할 것입니다. 저는 그럴 여유가 없었고 우선은 양으로 승부 보기로 했습니다. 그러니 기록도 달라야 했습니다. 처음은 책 제목, 저자, 출판사, 장르 정도만 기록했습니다. 어떤 분야의 책을 얼마나 읽고 있는지 알기 위해서였습니다. 처음부터 서평이나 독후감을 쓸 여유가 없었습니다. 우선 읽는 습관부터 갖는 게 필요했습니다. 습관이 만들어지는 과정 중 보상을 빼놓을 수 없습니다. 어쩌면 보상을 받기 위해 어렵고 힘들어도 꾸준히 하게 된다고 합니다. 제가 책을 읽는 과정도 비슷했습니다. 직장을 다니며 매일 책을 읽는 게 만만치는 않았습니다. 지속하기 위해 적절한 보상이 필요했고, 읽은 책을 기록하는 게 그 역할을 했습니다. 습관은 보상을 통해 더 견고해진다는 원리를 나중에 알았습니다. 다행히 처음부터 간단하게나마 기록한 덕분에 독서 습관이 자리할 수 있었습니다.

6개월 만에 100권을 읽었습니다. 어느 정도 책 읽는 습관이 들면서 또 다른 형태의 기록으로 눈을 돌렸습니다. 읽은 책 중 마음에 닿는 문장에 내 생각을 적어보는 겁니다. 다산 정약용은 이를 '초록'이라 했고, 책을 올바로 읽기 위해 꼭 필요한 행위라고 했습니다. 많은 내용을 적지 않았습니다. 두세 문장만 골라 적었습니다. 잘 쓰고 못 쓰고 따지지 않았습니다. 책을 읽고 드는 생각을 있는 그대로 적었습니다. 누구에게 확인받고 점수를 얻기 위한 게 아니었으니까요. 단순하게 제목, 저자, 출판사만 기록하다가 적은 분량이지만 내 생각을 적는 건 또 다른 경험이었습니다. 생각해보면 이렇게 적은 글 덕분에 행동이 달라지고 생각의 크기도 키울 수 있었습니다. 숫자로 나타낼 수 없지만 적어도 책 읽기 전과 읽고 쓰고 난 후의 저는 분명 달라졌습니다. 더불어 제가 남긴 글을 통해 여러 사람과 소통할 기회도 생겼습니다. 독서에 관심을 보이는 분, 제가 쓴 글에 같이 고민하는 분, 쌓여 있는 책에 감탄하는 분 등 다양한 소재로 소통할 수 있었습니다. 책을 읽고 글을 쓰기 전에는 경험하지 못했던 것들입니다.

일 년에 300권 읽기에 도전했습니다. 한 달에 최소 25권, 할 수 있다는 믿음을 갖고 시작했습니다. 기록에도 변화가 필요했습니다. 기록이 구체적일수록 도전을 지속할 동기부여가 될 것 같았습니다. 주 단위로 기록하기 시작했습니다. 한 주 동안 언제 어떤 책을 읽었는지 기록했고, 읽은 책에 대해서도 느낌을 적거나 때로는 긴 내용의 서평을 남겼습니다. 어떤 주는 계획만큼 읽고, 어떤 달은 계획에 못 미치기도 했습니다. 매주 기록하면서 성과와 부족한 부분을 바로 확인했습니다. 그러면서 계획한 대로 실천하는지 무엇을 어떻게 보완할지도 알 수 있었습니다. 성과를 달성하면 보상을 주고 부족하면 격려했습니다. 기록하지 않았다면 어디로 가는지 얼마나 해냈는지 알 수 없었을 겁니다. 눈으로 봤기에 응원하고 반성하고 다시 힘을 냈습니다. 그렇게 300권 읽기는 2년 연속 성공했습니다. 여전히 매달 십여 권 이상 꾸준히 읽고 있습니다. 마찬가지로 기록으로 남기면서 말이죠.

책을 읽어도 기억에 남는 게 적었습니다. 책 제목도 까먹기 일쑤였습니다. 기억을 믿지 못해 쉬운 내용부터 기록하기 시작했습니다. 제목, 저자, 출판사, 장르. 그러다 배우고 실천할 내용을 적었습니다. 몇 줄로 시작해 두세 페이지 분량을 쓰기도 했습니다. 늦은 나이에 책 읽기를 시작한 이상 미친 듯이 읽어보고 싶었습니다. 이런 내용으로 책을 쓸 수 있는 것도 그때 남긴 기록이 있기에 가능했습니다. 기록과는 거리가 멀었던 제가 기록한 덕분에 여러 도전을 시도하고 성공을 맛봤습니다. 기록이 주는 또 다른 기쁨이었습니다.

오늘 남긴 기록은 어제의 역사가 됩니다. 역사를 기록하는 이유는 똑같은 실수를 반복하지 않기 위해서입니다. 내가 더 나아지기 위해서 남과의 비교가 아닌 어제의 나와 비교해야 합니다. 어제 내가 남긴 기록보다 오늘 조금 더 나아지면 그걸로 충분합니다. 그렇게 오늘 또 새 역사를 기록해 가는 것입니다.

자신에게 맞는 방법 찾기

학교 다닐 때 공부를 잘하지 못했습니다. 공부에 취미 없었던 터라 노트 정리도 젬병이었습니다. 한 귀로 듣고 한 귀로 흘리는 편이었습니다. 과목마다 정해놓은 노트 한 권을 다 채운 적 없었던 걸로 기억합니다. 그만큼 기록은 스트레스나 다름없었습니다. 효율적으로 정리하는 요령이 부족했습니다. 그래서 독서 기록도 내가 할 수 있는 선에서 스트레스 받지 않을 만큼만 했었고 여전히 그렇게하는 중입니다.

일 년 300권 읽기 도전을 두 차례 진행했었습니다. 정확히는 1년 365권에 도전했습니다. 목표치가 높았기에 그나마 300권까지 읽을 수 있었던 것 같습니다. 만약 목표를 그보다 낮게 정했다면 300권은 엄두도 내지 못했을 테니 말입니다.

1년 동안 도전 과정을 정리해 놓은 걸 보면 아주 단순합니다. 내가 실천할 수있는 최소 단위인 하루가 기준입니다. 1월 1일부터 12월 31일까지 칸을 만들었습니다. 그날 어떤 책을 읽었는지 제목을 적고 그 책이 그달의 몇 번째 책인지표시했습니다. 첫 칸에 목표인 365권을 적은 건 매일 의지를 다지기 위함입니다. 그 옆 칸에는 한 달 치 소계와 월별 누계를 적었고 목표 대비 진행률을 퍼센트로 기록했습니다. 계획이 어떻게 진행되는지 한눈에 확인할 수 있게 표 하나로 정리했습니다. 숫자로 기록하면 얼마나 성취했는지 보이고 또 앞으로 얼마나더 읽어야 하는지 직관적으로 확인됩니다. 진행 정도가 보이니 잘하면 칭찬하고부족하면 다시 각오를 다졌습니다. 그렇게 1년을 아니 2년 동안 책을 읽었습니다. 매일 기록한 덕분에 300권 이상 읽을 수 있었습니다.

요즘도 여전히 기록 중입니다. 다만 방법을 달리했습니다. 스마트폰 앱을 활용합니다. 앱을 만드는 회사마다 디자인이 다르지만, 본질은 기록입니다. 언제어떤 책을 읽었는지와 그 책을 읽고 난 소감을 기록할 수 있는 게 핵심 기능입니다. 여기서 한발 더 나아가 SNS처럼 사람과 연결도 됩니다. 같은 앱을 사용하는 사람들끼리 소통도 가능합니다.

기록하는 목적은 기억하기 위함입니다. 나를 위한 기록이라면 나만 알아보면 됩니다. 그러니 방법이나 형식도 언제든 편하게 할 수 있어야 합니다. 물론 남들에게 보여주기식 기록을 통해 꾸준히 해낼 동기부여도 받을 수 있습니다. 이런 동기도 어느 정도 필요한 건 사실입니다. 다만 주객이 전도되지는 않았으면 합니다. 기록 때문에 스트레스 받지 않아야 한다는 말입니다. 기록의 본질을 잊지 않는다면 기록하는 방법도 스스로 찾을 수 있을 것입니다.

〈2020년 365권 도전 – 상반기 기록〉

〈2020년 365권 도전 – 하반기 기록〉

〈2021년부터 독서 기록 – 앱 활용〉

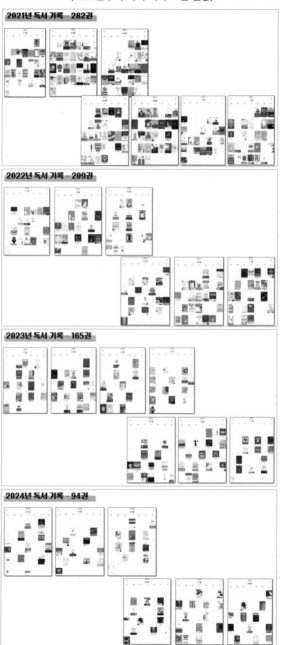

완독은 실패하는 독서법

　가족과 제주도에 갔습니다. 작은형이 소개해 준 고깃집을 찾았습니다. 고기 맛이 일품이라고 했습니다. 12시가 조금 넘어 도착했는데 손님이 없었습니다. 영업을 안 하는 것 같았습니다. 방에 있던 사장님을 부르자 그제야 자리로 안내받았습니다. 첫인상치고는 유쾌하지는 않아서 고기 맛도 의심이 들었습니다. 간단한 반찬 몇 가지와 직접 도축했다는 두툼한 삼겹살과 목살을 내왔습니다. 숯 위에 올라간 고기를 여러 번 뒤집으며 구운 끝에 한 점을 입에 넣었습니다. 두께가 느껴지지 않을 만큼 부드러웠고 쫄깃했습니다. 그 순간 엄지를 세웠습니다. 짐작은 짐작일 뿐이었습니다. 고기든 사람이든 직접 먹어보고 겪어봐야 맛을 알 수 있고 됨됨이를 알 수 있습니다. 책도 마찬가지입니다. 나에게 맞는 책인지 알려면 처음부터 끝까지 읽지 않고는 알 수 없습니다. 하지만 완독은 실패를 부르는 독서라고 말씀드리고 싶습니다.

　자기계발서 100권을 6개월 만에 읽었습니다. 저자와 내용은 달라도 구성은 비슷하다는 걸 눈치챘습니다. 눈치만으로 책을 쓸 수 있을 것 같아서 덤벼들었습니다. 책 쓰기 관련 책을 몇 권 읽어보니 몇 가지 놓치지 말아야 할 걸 알려줬습니다. 하나의 주제로 책을 써야 한다는 것입니다. 주제가 정해지면 주제를 설명할 수 있는 사례와 경험을 담아내면 책이 될 수 있다고 했습니다. 독자에게 한 가지 주제를 명확하게 전달하는 게 좋은 책이라고 배웠습니다. 치기로 시작한 책 쓰기는 여기저기 기웃거리며 여러 차례 시도했지만 결국 포기하고 말았습니다. 다행히 한 가지는 배울 수 있었습니다. 책에는 한 가지 주제만 담아야 한다는 것입니다. 바꿔 생각하면 책을 읽을 때도 내가 얻어갈 수 있는 건 한 가지라는 겁니다. 그 한 가지를 얻었다면 책으로서 가치는 충분하다 할 수 있습니다.

　1,000권을 미련하게 읽었습니다. 책 한 권에서 얻을 수 있는 게 하나의 주제라는 걸 알았으면서도 한 번 잡은 책은 끝까지 읽고 말았습니다. 그때는 그 방법을 선택했습니다. 한 권 안에 담긴 다양한 이야기를 읽는 게 재미있었습니다. 설령 읽고 난 뒤 기억이 안 나더라도 당장 손에 쥔 책은 끝까

지 읽는 게 책에 대한 예의라고 생각했습니다. 예의를 지킨 또 하나는 책에서 얻은 한 문장을 기록하고 내 생각을 적는 것입니다. 그 문장이 설령 책에서 말하는 주제가 아닐지라도 그때의 나에게 와닿은 것으로 충분히 가치 있었습니다. 아마도 나중에 다시 읽으면 다른 문장에 눈이 갈 수도 있습니다. 그래서 같은 책을 여러 번 읽으라는 이유이기도 합니다. 돌이켜보면 완독을 하면서도 중간에 포기하지 않았던 게 다행입니다. 제가 알기로는 많은 사람이 완독해야 한다는 부담 때문에 중간에 포기한다고 들었습니다.

　제목이나 저자, 광고 문구, 추천 등으로 책을 선택하는 경우가 많습니다. 시작이 어떠하든 결국엔 끝까지 읽어야 그 책의 내용을 내 것으로 만들 수 있습니다. 하지만 어디 완독하는 게 쉬울까요. 다들 바쁘게 살아가는 일상에서 책 한 권 읽을 만큼 시간 내는 게 여의치 않습니다. 호기롭게 첫 장을 펼치지만 몇 장 못 넘기고 덮습니다. 틈틈이 읽겠다고 다짐하면서 말이죠. 그러다 우선순위에서 점점 밀리게 됩니다. 책을 읽으면 좋다는 건 알지만 읽기 위해 멈춰야 한다는 걸 견디지 못하는 것 같습니다. 주변에 책보다 재미있는 게 넘쳐나니 더 눈길이 안 갑니다. 한눈팔다가 어느 날 문득 읽다가 만 책이 눈에 들어옵니다. 다시 시작은 하지만 여전히 속도는 안 납니다. 다시 덮고 며칠을 보냅니다. 그러다 또 불현듯 책이 생각합니다. 이번에는 기필코 읽어내겠다며 펼치지만, 며칠 못 가 포기합니다. 그렇게 책장에는 읽은 책보다 읽지 못한 책이 더 많아집니다. 그렇다고 책을 안 사는 것도 아닙니다. 오며 가며 눈에 띄는 책을 충동적으로 꺼내 듭니다. 그리고 또 똑같은 일상이 반복됩니다.

한 권을 다 읽어야 한다는 생각이 책을 더 못 읽게 만드는 것 같습니다. 저처럼 죽기 살기로 책을 읽지 않는다면 완독은 부담일 수밖에 없습니다. 차라리 문해력이 탁월해 목차만 보고 핵심 주제가 담긴 내용을 읽고 완벽하게 이해할 재주가 있다면 얼마나 좋을까요. 그럴 재주를 갖는 것 또한 수천 권의 책을 읽었을 때 가능할 것입니다. 그래서 반대로 생각했으면 합니다. 책에는 한 가지 주제만 담겼다는 걸 거꾸로 이용해 보세요. 목차를 읽고 마음에 드는 내용만 읽고 그 안에서 나에게 필요한 것만 내 것으로 만드는 겁니다. 글로 쓰든 사진으로 남기든 말이죠. 그리고 덮는 겁니다. 그때의 나는 내가 선택한 문장이 그 책에서 얻을 수 있는 전부라고 인정하는 겁니다. 그리고 다른 책을 폅니다. 똑같은 방법으로 원하는 내용만 찾아 읽고 기록하고 생각하고 내 것으로 만드는 거죠. 그렇게 열 권 스무 권 쌓이면 적어도 책을 안 읽었던 때보다 더 많은 걸 배우게 될 것입니다. 조금씩 읽는 습관이 자리 잡으면서 머지않아 책 한 권 뚝딱 읽어낼 때도 올 테고요.

원숭이를 잡는 쉬운 방법이 있습니다. 원숭이 손이 들어갈 정도 구멍이 뚫린 투명 항아리를 준비합니다. 그 안에 바나나를 넣어둡니다. 바나나를 본 원숭이는 구멍에 손을 넣어 바나나를 잡습니다. 손에 쥔 바나나 때문에 손을 뺄 수 없습니다. 원숭이가 도망가려면 바나나를 놓아야 합니다. 아마도 원숭이는 손에 쥔 바나나를 쉽게 포기하지 않을 겁니다. 완독의 부담, 항아리에 손을 넣고 있는 원숭이와 닮았다고 생각합니다. 읽던 책을 내려놓아야 다른 책을 읽을 수 있습니다. 책에 쓰인 모든 걸 내 것으로 만들어야 제대로 읽은 것일까요? 물론 그렇게 읽어야 하는 책도 있습니다. 그런 책은 몇 권이면 족합니다. 누군가는 평생을 두고 한 권의 책을 읽어도 충분히 가치 있다고 말합니다. 하지만 빠르게 변하는 시대에 앞서지는 못해도 뒤처지지 않으려면 다양한 독서는 선택이 아닌 필수입니다. 그러기 위해 완독보다는 자신의 상황에 맞게 선택해 읽는 요령도 필요할 것입니다. 누구에게 보여주기 위해 책을 읽는 것도 아닙니다. 나에게 필요한 걸 얻기 위해 책을 읽습니다. 한 권에서 한 가지를 얻든 열 가지를 얻든 오롯이 본인의 선택입니다. 선택이 조금 더 쉬워지려면 손에 든 책을 내려놓는 게 먼저입니다.

계속 읽게 되는 힘

우리 삶은 언제나 사건 사고의 연속입니다. 직장에서도 잊을 만하면 한 번씩 사고가 생기고 사건이 터집니다. 육아도 장사도 사업도 인간관계도 마찬가지입니다. 늘 새로운 일이 생기고 수습하기에 일상이 덜 지루합니다. 독서도 책 읽는 행위의 반복입니다. 단지 얼마나 다양한 주제를 읽느냐에 따라 재미도 배움도 다 잡을 수 있습니다. 반복은 지루합니다. 책을 읽는 데 무슨 일이 생길까 싶습니다. 책을 지루하지 않게 읽을 방법이 없을까요?

피아니스트 '레이프 오베 안느세느'의 〈모차르트 모멘텀 1785〉 피아노 협주곡 앨범을 3년째 매일 듣고 있습니다. 15곡이 수록된 앨범입니다. 피아노를 중심으로 여러 악기가 협주합니다. 어떤 곳은 느리며 서정적이고, 어떤 곳은 빠르고 격렬하게 몰아칩니다. 처음 듣기 시작했을 때는 피아노 연주 중 고음과 저음이 동시에 들려서 두 사람이 연주하는 줄 알았습니다. 한 사람씩 파트를 맡아 연주한다고 생각했습니다. 한편으로 저 정도 빠르기를 한 사람이 연주한다는 게 불가능하다고 믿었기 때문입니다. 귀로만 듣다가 어떤 모습일지 궁금해 동영상을 찾아봤습니다. 화면을 보고 충격받았습니다. 저 구간을 혼자 연주한다고? 클래식이 생소했던 저에게는 이런 것조차 음악을 듣는 재미 중 하나였습니다. 이 밖에도 재미는 여러 곳에 있었습니다. 한 곡에 적으면 10여 개, 많으면 20여 개가 넘는 악기로 연주를 합니다. 때때로 피아노 이외의 악기에 집중해 듣는 것 또한 귀를 자극합니다. 익숙한 피아노 연주도 어느 곳에서 어떤 때 듣느냐에 따라 감동이 달랐습니다. 이렇게 다양한 면에 집중해서 듣다 보니 3년째 듣게 되었습니다.

책을 읽는 것도 다르지 않았습니다. 한 권의 책 안에는 수많은 이야기가 담겨 있습니다. 저자의 경험, 타인의 사례와 연구 결과, 실험 과정 등 주제를 뒷받침하는 내용이 담깁니다. 새로운 내용을 알기도 하고, 알았던 내용과 반대되는 주장을 읽기도 합니다. 그중 얼마 전 읽은 책에서 알게 된 내용이 있어 소개해 보려고 합니다.

스탠퍼드대 짐바르도 교수의 교도소 실험은 인간 본성을

이해하는 중요한 실험이라고 알려져 있습니다. 말콤 글레드웰의 《티핑 포인트》 등 수많은 책에서 인간 본성을 말할 때 주로 인용됩니다. 이 실험은 무작위로 선발된 21명을 죄수와 교도관으로 나누어 행동을 관찰했습니다. 실험을 통해 인간의 기질은 특정한 상황에 놓이면 얼마든 통제 가능하다는 결론을 얻었습니다. 권력을 가진 이들이 민중을 통제할 수 있다는 의미로 해석되기도 합니다. 하지만 이 실험에는 밝혀지지 않은 오류가 존재했습니다. 참가자들이 따른 규칙 대부분은 짐바르도 교수가 준비한 게 아닌 간수 역할을 했던 '재피'라는 사람에 의해 만들어졌습니다. 이는 순수한 인간 본성이 아닌 만들어진 규칙으로 통제된 상황에서 관찰된 결과였습니다. 2001년 BBC에서 똑같은 실험을 재현했습니다. 단 이번에는 각자의 역할에만 충실할 수 있게 규칙을 정했습니다. 결과는 어땠을까요? 4시간 분량을 보는 데 엄청난 인내심이 필요했다고 전해집니다. 저는 이 실험의 오류를 뤼트허르 브레흐만의 《휴먼카인드》를 읽고 알게 되었습니다. 이 책을 읽지 않았다면 아마 앞서 말한 내용대로 믿고 제가 쓴 어떤 글에 인용했을 수도 있습니다. 하지만 그와 반대되는 내용을 읽게 되면서 중립적인 사고를 갖게 되었습니다. 책을 읽되 의심을 놓지 말라 했습니다. 먼저 교도소 실험에 의문을 가졌다면 다른 책을 찾아볼 수도 있었을 겁니다. 저는 순서가 바뀌기는 했지만 다른 책을 읽으면서 기존에 가졌던 사고를 새롭게 할 수 있었습니다.

　음악도 들리는 대로만 들으면 지루합니다. 드러나지 않는 악기 소리에 귀 기울이면 재미와 호기심도 생기기 마련입니다. 책을 읽을 때도 지금 읽고 있는 내용에 항상 의문을 가지라고 말합니다. 그래야 호기심이 생기고 사실 여부를 확인하려고 다른 내용도 찾게 됩니다. 저는 이런 호기심이 책을 계속 읽게 만드는 원동력이라고 생각합니다. 누군가 추천하는 책, 홍보 글이 요란한 책, 서점에 베스트셀러 자리를 차지하고 있는 책이 전부는 아닙니다. 많이 읽힌다고 좋은 책이라고 할 수 없고, 남에게 좋은 책이 나에게 좋은 책이라는 법도 없습니다. 사람마다 성향과 관심사가 다릅니다. 같은 책을 읽어도 밑줄 긋는 문장이 다 다를 것입니다. 그렇다고 누가 옳고 그르다고 판단할 문제는 더더욱 아닙니다. 단지 자신의 호기심과 관심사에 따라 책에서 책으로 옮겨가면 그만입니다. 그러다 보면 우리가 진리라고 믿는 것들에 의심하기도 하고 내 기준과 다른 걸 받아들이게도 되고 타인의 생각을 수용할 수도 있습니다. 결국 나의 사고를 확장시키는 기회가 될 것입니다.

　저는 음식을 가리는 편입니다. 안 먹어보고 먹지 못하는 음식에 손대지 않습니다. 책은 다릅니다. 관심 분야의 책은 편식 안 하려고 노력합니다. 동일 주제로 다양하게 읽다 보면 새로운 사실과 기존의 생각과 반대되는 내용을 만나기도 합니다. 그러면서 책에서 책으로 줄타기를 하게 되었습니다. 힘이 닿는 한 많이 읽어보기로 각오했고 줄타기 덕분에 1천 권 이상 읽을 수 있었습니다.

백종원 씨가 가방 하나 메고 여러 나라를 다니며 길거리 음식을 소개하는 프로그램이 있었습니다. 아침 식사로 먹을 수 있는 간단한 음식부터 저녁 만찬으로 손색이 없는 맛과 양을 자랑하는 길거리 음식도 소개했습니다. 허름하고 좁아도 많은 사람이 찾는 이유는 단연 맛일 겁니다. 그렇다고 호불호가 없는 건 아닙니다. 누군가의 입맛에는 안 맞을 수도 있습니다. 아무리 줄을 서서 먹는 맛집도 내 입맛에 안 맞으면 기다릴 이유가 없습니다. 내 입맛에 맞은 음식은 어떤 수고도 기꺼이 치를 테고요. 책도 계속 읽기 위해서는 내 취향을 알아야 합니다. 그러기 위해 이 책 저 책 옮겨 다닐 수고도 필요하고요. 어쩌면 그런 수고가 책에 대한 취향을 갖게 함은 물론 사고를 확장시켜 줄 걸로 기대합니다. 맛있는 음식이 삶을 즐겁게 해주듯, 책을 통해 새로운 걸 알아가는 재미 또한 삶의 커다란 즐거움이 아닐까 생각합니다. 그 재미를 한번 맛보면 새로운 책을 계속 읽게 되지 않을까요?

보상이 최고의 동기부여

흐르는 물소리에 하루 동안 쌓였던 피로도 씻어냅니다. 그릇이 깨끗해지는 걸 보면 제 마음도 맑아지는 것 같습니다. 먹고 난 자리를 정리하고 깨끗하게 씻은 그릇을 보면 내일을 살 기운을 얻습니다. 이런 마음가짐으로 설거지를 한다면 얼마나 고상해 보일까요? 설거지를 자주 하는 편이지만 여전히 이런 고귀한 마음이 들지는 않습니다. 그렇다고 아무 의미 없지 않죠. 아내 역할에 비할 건 아니지만 설거지라도 하면서 가족 안에서의 제 역할을 해내고 있습니다. 이런 제 모습을 아이들에게 보여주는 것도 멀리 보면 바람직하다고 믿으면서요. 지금 당장은 어떤 효과는 없습니다. 아이들이 자란 어느 때 지금의 제 모습을 기억하고 저로 인해 행복한 시간이었다고 추억해 주면 바랄 게 없습니다.

식구들과 저녁을 먹은 뒤 설거지를 하는 건 어떤 보상을 바라고 하는 건 아닙니다. 제가 할 수 있는 걸 한다는 마음으로 당연하게 하고 있습니다. 아내도 어떤 보상을 바라고 살림하고 직장 다니고 아이를 키우지 않습니다. 아내와 내가 선택해서 꾸린 가정이기에 책임을 다하려는 것입니다. 당연히 해야 할 일을 하는 데 보상은 필요 없습니다. 그래도 굳이 보상을 찾는다면 아이들이 건강하게 자라는 모습을 지켜보고 가끔 먹고 싶은 걸 먹고 가고 싶은 곳에 갈 때일 것입니다. 누군가에겐 평범한 일상일 것이고 다른 누군가에겐 허락되지 않은 일상일 수도 있습니다. 우리 가족은 다행히 이제까지 평범한 일상을 누릴 수 있었습니다. 이 또한 어떤 면에서 보상이라고 생각합니다. 각자의 자리에서 열심히 살아온 것에 대해서요.

책을 읽으면서 두 가지 보상을 저에게 줬습니다. 하나는 몸이 반응하는 물질적인 보상입니다. 목표를 정하고 계획을 세워 실천하면서 성과를 낼 때면 일정한 형태의 보상을 줬습니다. 커피를 마시며 작은 케이크를 곁들인다든지 영화를 한 편 보여주는 식었습니다. 그 덕분에 매년 목표대로 실천할 수 있었습니다. 다른 하나는 마음에 주는 정신적 보상입니다. 책을 읽으면서 다독하는 사람이 많다는 걸 알게 되었습니다. 관심 없었을 땐 보이지 않았습니다. 읽은 책이 쌓이면서 슬슬 경쟁심이 생겼습니다. 그들을 따라잡고 싶었습니다. 쓸데없는 경쟁인 건 잘 압니다. 일종의 채찍이었습니다. 그들의 뒷모습을 보며 부지런히 따라가자는 각오였습니다. 그렇게 앞만 보고 달렸고 지금에 이르게 되었습니다. 한 단계씩 올라설 때면 주변에서 칭찬과 격려, 부러움을 받았습니다. 그럴 때면 또 누군가는 나의 뒷모습을 보고 따라오겠구나 싶었습니다. 성취감이 들었습니다. 남을 부러워만 하던 제가 부러움의 대상이 되는 건 또 다른 보상이었습니다. 그 덕분에 지금까지 지치지 않고 읽고 쓰기를 이어올 수 있었습니다.

물질적인 보상도 정신적인 보상도 중요했지만, 무엇보다 가장 큰 보상은 책 읽기 전과 달라진 자신입니다. 저는 미래에 대한 준비도, 마음을 터놓는 남편도, 자상하고 살가운 아버지도 아니었습니다. 밖에서는 없어도 그만인 직장인이었고 어머니에겐 여전히 어리광부리는 막내였습니다. 책을 읽으면서 나라는 사람도 고쳐 쓸 수 있겠다는 희망이 보였습니다. 그래서인지 더 치열하게 읽었습니다. 매일 읽고 쓰면서 틀렸던 부분이 무엇인지 알아갔습니다. 혼자 있는 시간 동안 나를 되돌아보며 더 나은 사람이 되어야겠다고 다짐했습니다. 배우고 용기 내 행동하면서 조금씩 변화하는 저를 볼 수 있었습니다. 혼자만의 착각은 아니었습니다. 더디기는 했지만 제가 생각하는 대로 천천히 변해왔습니다. 아홉 번 이직을 되돌아보며 하고 싶은 일을 찾을 수 있었습니다. 말을 잘 못하는 단점을 글로 표현하며 사람 앞에 설 자신감도 가지게 되었습니다. 입보다 귀를 열면서 두 딸과 거리를 좁힙니다. 독단적인 태도 대신 대화하고 상의하는 남편이 되려고 노력 중입니다. 사람들과 글로 소통하면서 내가 가진 걸 조금씩 나누어 왔습니다. 책에서 배운 걸 독서 모임을 통해 나누고 있고, 함께 글을 쓰면서 같이 성장하는 가치를 이어갑니다. 여전히 어머니와의 거리는 좁히지 못했습니다. 마음속 무언가 커다란 게 가로막고 있는 기분입니다. 더 늦기 전 용기 내야 한다는 걸 알기에 조금씩 아주 조금씩 방향을 틉니다. 지금까지 변화는 어쩌면 시작에 불과합니다. 지금까지 준비해 왔다고 생각합니다. 준비하고 변화해온 대로 앞으로 더 나아갑니다. 저를 필요로 하는 곳에, 제가 있어야 할 곳에서 제 신념에 따라 한 발씩 나아갈 것입니다. 나의 변화가 나에게 줄 수 있는 최고의 보상이라는 가치를 더 많은 사람에게 전하고 싶습니다. 사람 안에서 말이죠.

사람과 어울려 살기에 사람의 도움도 받아야 합니다. 그런 의미에서 나의 성과는 주변 사람의 인정을 통해 동기부여가 되었습니다. 혹 누가 알아주길 바라고 책을 읽고 글을 쓰는 건 아니지만 저도 사람인지라 저를 추켜세워주면 힘이 났습니다. 분명 응원과 격려를 받기도 하지만 외면과 질타를 받을 수도 있습니다. 그들의 의도가 어떠하든 자신을 지킬 수 있는 의연함도 필요합니다. 보도 섀퍼는 《멘탈의 연금술》에서 "괴롭고 힘들고 절망적인 상황에서 필요한 것은 타인의 응원과 격려가 아니다. 모든 부정적인 상황에서 나를 건져 올릴 수 있는 유일한 사람은 '나 자신'이다"라고 했습니다. 어떤 상황에서도 내가 나를 지키는 게 나에게 주는 보상이자 동기부여라고 생각합니다. 설거지, 독서, 글쓰기는 보상을 바라며 이어온 게 아닙니다. 의심으로 시작했지만 읽은 책이 쌓이고 쓴 글이 모일수록 제가 변하는 게 보였습니다. 눈에 보이니 멈출 수 없었습니다. 살면서 처음 겪어보는 일이었습니다. 다시 돌아가고 싶지 않은 그때로부터 점점 멀어지는 제가 뿌듯했습니다. 누구도 아닌 내가 나를 이끄는 리더가 되었습니다.

PART 4

나를
살린
여덟 단어

[태도]
하지 않아서 못하는 것뿐

　자기계발서를 읽는 이유는 그 사람이 가진 걸 내 것으로 만들기 위해서입니다. 이는 필연적으로 과정을 거쳐야 합니다. 책만 읽는다고 그 사람의 성과가 내 것이 될 수 없으니까요. 문제는 이런 책을 읽다 보면 어느 사이 자신을 그들과 일체화시킨다는 겁니다. 마치 성과를 이룬 듯한 착각에 빠지는 거죠. 제가 그랬습니다. 직장인에서 1인 기업가로 거듭난 이들을 보고 나도 1인 기업가가 된 착각에 빠졌습니다. 직장에 다니면서 부업을 하는 이들을 보고 저도 그들처럼 할 수 있을 것 같았습니다. 하지만 현실에서는 별다른 성과 없이 시도만 했거나 시도조차 하지 않은 일이 대부분이었습니다. 이 말은 변화가 필요하면 과정을 건너뛸 수 없다는 의미입니다. 책을 읽기 전까지는 부정적인 생각으로 가득하였었습니다. 할 줄 아는 게 없고 매사에 불만만 있는 무능력한 직장인이

자 가장이었습니다. 책을 읽으면서 가장 먼저 바랐던 게 성격을 변화시키고 싶었습니다. 부정이 아닌 긍정적인 사람으로 말이죠.

9살 존은 호기심이 많았습니다. 하루는 형과 차고에서 실험 중이었습니다. 잠깐의 부주의로 기름에 불이 옮겨붙었고 온몸에 3도 화상을 입었습니다. 얼굴은 알아보기 어려웠고 피부는 녹아내렸습니다. 손과 발에는 심각한 장애를 남겼습니다. 9살 소년에게 치료 과정은 죽을 만큼 고통스러웠습니다. 그를 지켜보는 가족도 괴로웠습니다. 매일 고통 속에 힘겨워하는 존을 지켜본 엄마가 존에게 말했습니다.

"존 이대로 죽는 게 낫겠니? 그렇게 하고 싶으면 그래도 돼. 그건 누구의 선택도 아닌 네 선택이야."

존은 치료를 선택했고, 여러 차례 수술을 견뎌냅니다. 수술 이후 수개월 재활치료로 이어졌습니다. 180도 달라진 외모와 장애는 존에겐 또 다른 장애물이었습니다. 하지만 존은 남들과 똑같이 학교에 다녔고, 졸업과 진학을 통해 자기만의 삶을 이어갔습니다. 그에게 화상이 남긴 상처는 더는 장애물이 아니었습니다. 9살 이후 그의 삶에 굴곡은 있었지만 적어도 삶을 포기하거나 부정하지는 않았습니다. 남들과 외모만 다를 뿐 그가 하지 못할 건 없었습니다. 그는 아내와 두 자녀를 키우며 여전히 자기가 좋아하는 일을 하며 살고 있습니다.

새 생명의 탄생은 축복받아 마땅합니다. 하지만 줄리는 배 속에서부터 그녀의 조부모에게 존재를 부정당했습니다. 줄리의 부모는 배 속의 그녀를 지키기 위해 가족을 떠나 미국에 이민을 결심합니다. 베트남 정부의 눈을 피해 죽을 고비를 넘기며 겨우 밀항에 성공합니다. 미국에 안착 후 세상에 나온 줄리에게 또 다른 시련이 기다렸습니다. 줄리는 2살 무렵 시력을 잃었습니다. 보이지 않는다고 아무것도 못 하는 건 아니었습니다. 그녀는 하버드 대학에 진학해 법학을 공부했고 변호사가 되었습니다. 그 사이 여러 나라를 여행하며 다양한 봉사 활동도 이어왔습니다. 장애를 인정하고 스스로 할 수 있는 일을 선택했습니다. 앞이 보이지 않는 건 장애가 아니었습니다. 보이지 않는다고 아무것도 안 하는 게 오히려 장애였습니다. 비록 그녀는 40대에 찾아온 암을 이겨내지 못하고 짧은 생을 마감해야 했지만, 그녀가 살아있는 동안 보여준 모습은 많은 사람에게 살아야 할 이유를 전하기에 충분했습니다.

존 오리어리의 《온 파이어》를 2019년에 읽었습니다. 마흔 넷, 9살 존에 비하면 가진 게 너무 많았습니다. 못 할 게 없는 건장한 신체를 가졌습니다. 남들과 다르지 않은 외모도, 아내와 두 딸을 키우며 안정된 직장도 있었습니다. 그때까지 살아온 시간을 돌아봤습니다. 한심했습니다. 9살 존처럼 사고를 당해야만 정신을 차릴 수 있었던 걸까요? 한편으로 다행이었습니다. 적어도 9살 존과 같은 사고는 없었으니까요. 그러니 지금 내 상황을 더없이 감사해야 했습니다. 매사 불만과 부정적인 생각 같은 건 사치나 다름없었습니다. 그렇다고 하루아침에 달라질 게 아니었습니다. 적어도 지금 내가 어떤 상태인지는 올바로 인식하게 되었습니다. 거기서부터 시작했습니다. 과정을 건너뛰고 마치 내가 대단한 사람이라도 된 듯한 착각을 내려놓았습니다. 내가 바라는 나를 위해 하나씩 노력해 보기로 했습니다.

앞이 보이지 않는 줄리의 이야기는 저를 머뭇거리지 못하게 했습니다. 앞이 보이지 않기 때문에 할 수 있는 게 없다고 핑계 대는 걸 그녀는 용납하지 않았습니다. 앞이 보이면서도 아무것도 하지 않은 저는 스스로 관대했습니다. 주변 탓만 하면서 더 좋은 기회가 찾아올 거라는 뜬구름만 바라보고 있었습니다. 과정 없이 결과만 바랐습니다. 그런 삶이 만족스러울 리 없었습니다. 어쩌면 스스로 가능성의 한계를 정했던 겁니다. 한계를 걷어내는 것부터 시작했습니다. 직장에 다니며 할 수 있는 일이 무엇인지 탐색했습니다. 탐색으로 그치지 않고 시도로 이어졌습니다. 스마트스토어를 열었습니다. 강연했습니다. 재능도 팔았습니다. 모임을 만들었습니다. 글도 썼습니다. 글을 잘 쓰기 위해 치열하게 공부했습니다. 강연을 위해 스피치도 배웠습니다. 나에게 필요한 건 계속 시도했습니다. 앞이 보이니 못 할 게 없었습니다. 돌이켜보면 시도하지 않았기 때문에 할 줄 아는 게 없다고 믿었던 겁니다. 시도해 보니 할 줄 아는 것도 해보고 싶은 것도 생겼습니다. 다 잘하고 모두 원하는 성과가 났던 건 아닙니다. 그래도 괜찮습니다. 적어도 내가 무엇을 좋아하고 잘하는지 알 수 있었고 하고 싶은 일도 찾았으니까요.

자기계발서를 읽으면서 성공한 모습에만 시선이 가 있었습니다. 그들이 이룬 근사한 성공에 저 또한 현혹됐었습니다. 정말로 시선을 두어야 할 곳은 그들의 실패와 이를 이겨내는 과정이었습니다. 온몸에 3도 화상을 입은 9살 존과 태어나면서 환영받지 못했고 2살에 두 눈을 잃은 줄리는 절망에서 시작했습니다. 상황에 굴하기보다 자신을 긍정했습니다. 할 수 없다고 단정을 짓기보다 할 수 있다고 믿었습니다. 그들에 비하면 나는 저만치 앞서 출발한 거나 다름없습니다. 충분히 더 거리를 벌릴 수 있었지만 그러지 않았습니다. 장애가 없으면서도 장애가 있는 이들보다 더 부정적인 생각을 가졌던 겁니다. 생각을 고쳐먹고 행동에도 변화를 줬습니다. 부정보다 긍정해 보기로 했습니다. 긍정하기 시작하면서 태도에 변화가 생겼습니다. "할 수 없는 건 없다. 하지 않을 뿐이다. 하려고 하면 못 할 게 없다. 결과는 중요하지 않다. 하는 것과

하지 않는 것으로 나뉠 뿐이다. 나는 하는 사람이다. 해내기 위해 끊임없이 도전하고 실패해도 다시 시도한다."

추천 도서

- 《온 파이어》 존 오리어리
- 《그 찬란한 빛들 모두 사라진다 해도》 줄리 입 윌리엄스
- 《실행이 답이다》 이민규
- 《시작의 기술》 게리 비숍
- 《돌파력》 라이언 홀리데이

[선택]
선택하는 방법을 배우다

여러분의 마지막은 어떤 모습이고 싶은가요? 그 장면을 위해 지금은 어떤 삶을 살고 있나요? 만약 지금 모습이 만족스럽지 않다면 이유가 무엇일까요? 직업이 마음에 안 들어서? 성격을 고치고 싶어서? 하고 싶은 일을 찾지 못해서? 반대로 이대로만 쭉 살았으면 좋겠다는 분도 있으신가요? 어떤 계기로 지금 인생에 만족하게 되었나요? 만족스러운 인생을 위해 어떤 노력을 매일 하고 있나요? 이 글을 읽는 여러분 중 앞에 던진 질문들에 고민해본 분 있으신가요? 매일 질문을 던지고 답을 찾아가는 분이 있지만, 예전의 저처럼 질문도 없고 답도 찾으려고 안 하는 이들도 있을 것입니다. 굳이 질문하고 답을 찾지 않아도 지금 삶에 만족해하는 분도 분명 있습니다. 어떤 삶을 살더라도 만족감은 주관적일 수밖에 없습니다. 만족도 불만도 오롯이 자신의 기준이 전부일 테니까요. 하지만 지금보다 더 나은 삶을 꿈꾼다면 선택 앞에 놓이게 될 것이고, 어떤 선택을 내리느냐에 따라 결괏값은 달라집니다. 남은 인생을 이전보다 잘 살고 싶다면 더 현명하게 선택하는 방법을 배울 필요가 있습니다. 삶의 마지막 순간에 마주할 내 모습에 만족하기 위해서는 말이죠.

> 큰 그림 질문 : "나의 단 하나는 무엇인가?"
> 이 질문은 당신의 인생에 있어 전략적 나침반과 같다. 또한 무엇을 완전히 배우고 싶은지, 무엇을 다른 사람들에게 전하고 싶은지, 그리고 나중에 어떻게 기억되고 싶은지 생각할 때도 도움이 된다.
>
> — 《원씽》 게리 켈러, 제이 파파산

책을 읽기 잘했다는 생각이 드는 때가 있습니다. 생각해보지 않았던 질문과 마주했을 때입니다. 책을 읽기 전에는 질문 없는 삶을 살았습니다. 나에게 어떤 질문을 던져야 할지도 몰랐습니다. 질문을 안 던지니 생각할 필요가 없었습니다. 흘러가는 대로 몸을 맡기면 그만이었습니다. 그 결과로 불안정한 직장에서 원치 않는 일을 하며 어떻게든 살아보려 허우적거렸습니다. 늘 불만만 있을 뿐 달라지려고 노력하지 않았습니다. 그런 모습을 똑바로 볼 수 있게 해준 게 책이 던진 수많은 질문이었습니다. 질문과 마주하지 않았기에 제가 어떤 사람인지 알 수 없었습니다. 한편으로 본래의 제 모습과 마주하는 게 불편했습니다. 피하고 싶은 모습들뿐이었습니다. 무기력, 불만, 게으름, 남 탓, 회피, 불가능 등 저를 설명하는 단어들이었습니다. 외면하고 싶었던 내 모습과 마주하니 달라져 보고 싶었습니다. 책에서 이미 수많은 사람의 변화를 지켜봤습니다. 그들을 통해 나는 어떤 사람이 되고 싶은지 자신에게 물었습니다. "나의 단 하나는 무엇인가?" 답이 쉽게 찾아지는 질문이 아니었습니다. 그래도 이 질문을 삶의 한가운데 데려다 놓고부터 내가 어떤 사람이 되고 싶은지 자주 고민하게 되었습니다.

> 진심으로 소중하게 생각하는 무언가를 성취하기 위해서라면, 성취 뒤에 올 기쁨보다 고통의 지속 기간이 더 길다고 해도 어느 정도의 고통은 기쁘게 감내할 것이다.
>
> – 《결심이 필요한 순간들》 러셀 로버츠

마흔여덟, 저에게는 시간과 기회가 많지 않습니다. 답을 찾는 데 좀 더 효과적인 방법이 필요했습니다. 그래서 질문의 순서를 바꿨습니다. 선택의 결과가 아닌 과정이 주는 만족감으로 말이죠. 내가 바라는 단 하나가 되기 위한 고통을 기꺼이 감수할 수 있는가? 그동안 과정을 건너뛰었기에 손에 쥔 성과가 없었습니다. 똑같은 실수를 반복해서는 안 됐습니다.

남은 시간이 많고 선택할 기회가 남았다면 한두 번 실수는 봐줄 수 있습니다. 하지만 저에게는 그럴만한 시간도 기회도 없습니다. 어느 때 보다 현명한 선택이 필요한 시기입니다. 그러니 무엇이 더 중요한지 꼭 짚어야 했습니다. 바라는 결과는 과정에 의해 만들어집니다. 과정에서 맞닥뜨릴 고통을 감내할 자신이 있다면 원하는 단 하나를 얻게 될 것입니다. 무엇보다 남은 삶을 더 잘 살기 위해서는 모든 순간에 만족해할 수 있어야 합니다. 스스로 정한 규율에 따라 쉽게 타협하지 않으며 더 큰 가치를 만들어가는 그런 삶을 바랍니다. 그런 삶은 과정에서 느끼는 만족감에 따라 가치의 크기가 달라질 거로 생각합니다. 날마다 내가 하고 싶은 일을 하면서 어제보다 조금 더 성장해 가는 나로 살아가는 것입니다.

넘을 수 없는 꿈을 설정하고 거기에 다다를 수 없을 나를 날마다 채찍질하는 것은 나를 향한 폭력과 같다. 그것은 어쩌면 영원히 나 자신을 사랑할 수 없는 길인지도 모른다. 그 대신 높은 꿈과 이상을 갖되 그것이 늘 땅을 밟고 서서 현실 속에서 조금씩 추구하고 채워나갈 수 있어야 한다. 그럴 때 나의 삶은 날마다 성장하고 채워지는 풍성하고 행복한 삶이 될 수 있다.

– 《나는 죽을 때까지 지적이고 싶다》 양원근

삶의 질은 어디에 가치를 두느냐에 따라 달라진다고 생각합니다. 닿지 못할 꿈을 좇아 자신을 잃어버리고 사는 삶과, 일상에 만족하며 내가 할 수 있는 일에만 의미와 가치를 부여하는 삶은 결말이 다를 것입니다. 나무는 우리가 보지 않는 순간에도 끊임없이 성장합니다. 그렇기에 봄이 오면 늘 새로운 꽃을 피웁니다. 꿈꾸는 단 하나의 삶도 다르지 않습니다. 눈에 띄지 않아도 매일 오늘 해야 할 일을 꾸준히 해내는 과정에서 우리 자신은 성장해 갈 것입니다. 그러기 위해 고통도 기꺼이 감내하길 선택하고, 선택한 이후에는 자신의 선택을 믿으며 한 발씩 나아가는 겁니다. 어떤 선택도 완벽할 수 없습니다. 선택에는 어떤 식으로든 후회가 따르는 법입니다. 후회를 줄이는 최선은 선택이 옳았음을 스스로 증명해 내는 것입니다. 스스로 정한 규칙에 따르며 삶이 보내는 시련과 고통을 이겨내면서 말이죠. 그러다 결국 어느 때 내가 바라는 '단 하나의 무엇'을 손에 쥐고 흐뭇한 표정으로 또 다른 세상으로 떠나는 겁니다.

추천 도서

- 《원씽》 게리 켈러, 제이 파파산
- 《결심이 필요한 순간들》 러셀 로버츠
- 《나는 죽을 때까지 지적이고 싶다》 양원근
- 《후회의 재발견》 다니엘 핑크

[직업]
직장이 아닌 직업을 선택하다

　만약을 대비해 보험에 가입합니다. 만에 하나 있을 사고를 기록하기 위해 블랙박스를 설치합니다. 어쩌다 일어날지 모를 피해를 예방하기 위해 CCTV를 곳곳에 달아 둡니다. 걱정했던 일이 일어나지 않으면 보험도, 블랙박스도, CCTV도 쓸모가 없습니다. 그래도 큰돈을 들여서라도 이런 장치를 하는 건 피해를 최소화하기 위해서입니다. '만약'이 통하지 않는, 누구나 반드시 한 번은 겪어야 하는 게 있습니다. 직장인의 퇴직입니다. 누구도 예외 없이 몸담았던 직장에서 나와야 할 때가 옵니다. 누군가는 미리부터 자격증 따거나 창업을 준비합니다. 반대로 누구는 아무런 대책 없이 세월만 보냅니다. 마흔세 살까지 후자의 삶을 살아왔습니다. 대책을 세우지도, 어떤 계획도 없었습니다. 손을 놓고 있다가 닥치면 그때 무슨 수가 나지 않을까 막연히 생각했었습니다. 책임 보험도 가입하지 않고 운전대를 잡은 꼴이었습니다.

  마흔셋, 책을 읽기 시작했습니다. 막막했던 퇴직 이후의 삶에 대해서 고민했습니다. 비교적 쉽게 접근할 수 있는 창업부터 공부했습니다. 1인 기업가, 온라인 마켓, 돈 없이 창업하는 방법 등 이미 세상에는 돈 버는 방법이 넘쳤습니다. 수많은 기회 중 하나를 선택하면 될 줄 알았습니다. 책으로 경험하는 과정은 해볼 만했습니다. 그들이 말하는 대로 따라가면 될 줄 알았습니다. 두 달 치 월급을 투자해 네이버 카페 활성화를 통해 수익을 올리는 강의를 들었습니다. 몇 달만 죽었다고 생각하고 매달려보라고 알려줬습니다. 방법을 배웠지만, 직장에 다니면서 할 수 있을지 엄두가 나지 않았습니다. 쭈뼛쭈뼛 핑계만 대다가 흐지부지되고 말았습니다. 또 한 번은 몇만 원 들여 스마트스토어를 열었습니다. 판매할 상품을 준비하는 데 큰돈이 필요하지 않았습니다. 시간만 투자하면 손 놓고 코 푸는 거나 다름없었습니다. 기대에 부풀었습니다. 매달 통장에 몇백 몇천만 원이 꽂히는 상상을 했습니다. 상상은 상상으로 끝났습니다. 이 일도 직장에 다니면서 할 수 있는 일이 아니었다고 스스로 합리화하고 핑계 댔습니다. 다른 한편으로 장사에는 소질이 없는 나를 발견했습니다. 만에 하나 이런 정신상태로 퇴직 후 창업을 했다면 상상하기 싫은 결과로 이어졌을 겁니다. 다행입니다. 비록 수업료를 치렀지만 남는 게 있었습니다.

"여윳돈이 좀 있는 사람은 카페를 내거나 자기 사업을 구상하고 또 어떤 사람은 시골에 내려가 농사지을 생각을 한다. 성공 확률도 높지 않고 자칫하면 가진 돈마저 날릴 가능성이 있다. 안전하고 성공 확률이 높은 건 자신의 경험과 노하우를 책으로 엮는 것이다. 그리고 이를 통해 제2의 삶을 사는 것이다. 내가 생각하는 실업의 정의는 '자신의 경험과 지식과 노하우를 팔릴 만한 지적 자산으로 전환하는 데 실패한 것'이다. 지적 자산으로 전환하는 데 최고의 방법이 그걸 글로 써서 책으로 엮는 것이다." 한근태 작가의 《당신이 누구인지 책으로 증명하라》의 한 구절입니다. 자신이 가진 지식과 경험을 활용해 콘텐츠를 만들어 파는 사람을 '지식 생산자'라고 이름 붙였습니다. 이제까지 살아오며 쌓아온 경험과 노하우를 활용해 사람들에게 도움을 주는 일입니다. 이름만으로도 근사했습니다. 매장도 투자금도 필요 없습니다. 잘만 하면 큰돈을 벌 수 있습니다. 무엇보다 나이 제한이 없습니다. 배우고 익힐수록 가치가 높아지는 장점도 있습니다. 한 마디로 아무런 제약 없이 공부만 꾸준히 하며 언제까지 내 일을 할 수 있는 매력 넘치는 일이었습니다. 기회를 봤습니다.

'지식 생산자'에게 요구되는 딱 한 가지가 있습니다. 정신과 의사이자 작가인 문요한 소장은 "어떤 인생도 몰두하지 않으면 빛을 발할 수 없고, 어떤 마음도 집중하지 않으면 힘을 얻을 수 없다. 몰두하는 삶은 시간이 걸리더라도 빛을 발하게 되고, 마음도 어딘가에 집중하면 삶을 바꾸는 힘이 된다."라고 자신의 책《스스로 살아가는 힘》에 적었습니다. 지식 생산자와 전혀 상관없는 삶을 살아왔습니다. 겉보기엔 그럴듯한 직업이었지만 그에 맞는 역량을 갖춰야 했습니다. 하고 싶다고 다 잘할 수 있는 게 아닐 테니까요. 문요한 작가의 말처럼 몰두하는 시간이 필요했습니다. 한편으로 이 또한 이 직업의 매력 중 하나였습니다. 언제부터 언제까지 해야 한다고 정해져 있지 않은 겁니다. 또 노력의 양은 스스로 정하기 나름입니다. 몰입하는 시간의 양이 많을수록 성과가 빨리 날 것이며, 양이 적으면 적은만큼의 성과로도 이어질 것입니다. 한 마디로 노력하는 게 어디로 사라지지 않는다는 말이죠. 매일 꾸준히 스스로 정한 만큼의 노력을 게을리하지 않으면 얼마든 지식 생산자로 거듭날 수 있습니다. 직장인이 아닌 직업인으로서 내 일을 할 수 있다는 겁니다.

마흔셋에 시작한 읽고 쓰는 삶이 7년째입니다. 그 사이 직업인으로서 지식 생산자로 거듭나는 중입니다. 이제까지 살아온 경험을 엮어 두 권의 개인 저서를 썼습니다. 또 내가 가진 노하우를 담은 전자책도 네 권 엮었습니다. 같은 경험을 공유한 여러 명과 세 권의 공저도 출간했습니다. 한 발 더 나가 글쓰기 책 쓰기 강의를 열어 강사로 활동 중입니다. 아직 직장에 다니는 중입니다. 직장인과 병행한 직업인입니다. 직장을 포기하지 않은 덕분에 생계는 월급으로 충당합니다. 잠을 줄이고 사람을 만나지 않고 내 시간을 만들어 나에게 몰두해 왔습니다. 이제까지 삶은 만족스럽지 못했기에 두 번째 인생은 똑같은 실수를 하고 싶지 않습니다. 그래서 더 몰입하고 더 시간을 아끼고 더 치열하게 공부합니다. 누구에게도 부끄럽지 않은 직업인이 되기 위해서 말이죠.

'직장인 김형준'은 작가, 강연가, 코치라는 직업인으로서 퇴직을 대비한 보험에 가입되어 있습니다. 만에 하나 내일 직장에서 쫓겨나더라도 망연자실하지 않을 것입니다. 지난 7년 동안 내 일을 해왔기 때문입니다. 오히려 전화위복의 계기로 삼아 본격적인 내 일을 해 나갈 것입니다. 물론 불안할 것이며 비포장 길을 걷게 될 겁니다. 예상하지 못한 어려움도 분명 만나게 될 테고요. 그래도 두렵지 않습니다. 적어도 아직은 낡았지만 쏟아지는 비를 막아줄 자동차를 가졌으니까요. 이 자동차는 곧 최신 사양을 갖춘 고급 승용차로 거듭날 것입니다. 이제까지 한눈팔지 않고 직업인으로서 역량을 키워왔고 조금씩 빛을 발하는 중이니까요. 내게서 뿜어나온 빛이 찬란할수록 나의 가치 또한 올라갑니다. 그로 인해 더 많

은 사람을 더 나은 삶으로 안내할 것입니다. '직장인 김형준'
에서 '직업인 김형준'으로 진화 중입니다.

추천 도서

- 《당신이 누구인지 책으로 증명하라》 한근태
- 《직장인에서 직업인으로》 김호
- 《마흔, 마음공부를 시작했다》 김병수
- 《스스로 살아가는 힘》 문요한
- 《그대 스스로를 고용하라》 구본형

[가족]
그렇게 아빠가 되어간다

"밥을 그따위로 먹을 거야! 네가 애야? 나이가 몇 살인데 아직도 질질 흘리면서 먹어. 밥 먹을 땐 조용히 하고 밥만 먹으라고 했지! 한 번만 더 서로 떠들기만 해, 밥이고 뭐고 없을 줄 알아!"

8살, 4살 두 딸에게 밥 먹을 때마다 내뱉었던 말입니다. 8살, 4살이 뭘 알까요? 시킨다고 제대로 할 나이도 아니고 웃고 떠드는 게 본능인 아이인데 그걸 못 하게 했습니다. 그때는 몰랐습니다. 내가 뱉은 말이 아이들에게 어떤 상처를 줬는지를요. 뒤늦게 알았습니다. 아빠라는 존재는 그들에겐 두려움 그 자체였습니다.

아이가 아무 소리 못 하고 심부름을 하고, 그 과정에서 - 잘하려고 했음에도 어쩔 수 없이- 일어난 일에 무방비로 질책을 받고서도 아무 소리도 못 한 이유는 자신이 아빠보다 약자라는 것을 느끼고 있었기 때문이리라. 약자로서 생존을 위해 자신의 감정을 억누르고 감추고 숨기는 데 아이들이 익숙해지는 것을 부모는 늘 경계해야 한다. 이런 억눌린 감정은 어느 순간 폭발한다. 여전히 힘이 없다면 더 약한 사람을 찾아서 감정을 터뜨릴 것이고, 힘이 있는 위치에 오른다면 자신이 마음대로 할 수 있는 사람을 찾아 나쁜 행동과 말을 할 것이다. 그마저도 못 하면 언젠가는 마음의 병으로라도 나타날 것이다.

— 《자녀가 상처받지 않는 부모의 말투》 김범준

이 부분을 읽고 목덜미가 서늘해졌습니다. 내가 이제까지 무슨 짓을 했는지 되돌아보게 했습니다. 그렇습니다. 저는 제 힘을 이용해 아이들에게 폭력이나 다름없는 짓을 해왔습니다. 두 딸이 성장해 힘이 생기면 분명 저에게 반기를 들 겁니다. 그때 저는 아마도 매몰차게 외면당할 것입니다. 그때까지 해온 행태로 인해 아이들의 분노를 온몸으로 받아내게 될 겁니다. 관계도 틀어지고 어쩌면 평생 남보다 못한 사이로 남게 될지도 모릅니다. 저는 그런 아빠를 바라지 않았습니다. 한편으로 노력도 안 하면서 관계가 좋아질 거라는 막연한 기대만 하고 있었습니다. 저절로 좋아지는 사이 없습니다. 특히 가족끼리는 말이죠.

실수를 바로잡는 과정은 먼저 무엇을 잘못했는지 인식하는 것부터입니다. 이제까지 있었던 일을 글로 쓰면서 그동안 내가 무슨 짓을 했는지 분명하게 이해했습니다. 잘못을 인식했다면 다음 단계는 무엇을 어떻게 할지 선택하는 과정입니다. 저는 계속 글을 쓰기로 마음먹었습니다. 타고나기를 다정한 성격이 못 됩니다. 잘못을 알았다고 하루아침에 다정하고 자상한 태도를 보이긴 어려웠습니다. 대신 행동을 통해 믿음을 주는 아빠가 되려고 마음먹었습니다. 입은 닫고 행동과 표정으로 보여주려고 노력했습니다. 아빠가 어떤 노력을 하는지 말로는 못 해도 글로 쓸 수 있습니다. 언젠가 두 딸에게 보여줄 수 있게끔 차곡차곡 글을 쌓았습니다. 시간이 걸리더라도 포기할 수 없었습니다. 노력을 포기한다는 건 관계를 포기하는 것과 같습니다. 그러고 싶지 않았습니다. 적어도 제가 잘못했던 행동에 대해서는 용서를 구하고, 아빠의 무지로 인해 두 딸에게 상처 될 말을 했다는 걸 용서받고 싶었습니다. 그리고 다시 관계도 회복되길 바랐습니다. 말로만 친구 같은 아빠가 아닌 마음으로 의지하고 신뢰할 수 있는 그런 부모가 되겠다고 말이죠. 그러기 위해 심리학책도 부지런히 읽었습니다. 책에서 보여주는 다양한 사례에서 내가 무엇을 고치고 어떻게 행동해야 할지 배울 수 있었으니까요. 이전까지는 몰라서 그랬다고 핑계 댈 수 있었지만, 책을 읽고부터는 핑계 대신 용기 내 용서를 구하고 실수를 바로잡는 모습을 보여주고 싶었습니다. 그렇게 해야 한다고 믿었습니다.

아이의 감정을 제대로 읽어주는 게 결코 쉬운 일은 아니다. 하지만 책을 많이 읽으면 독해력이 늘듯 시간과 노력을 들이면 분명 아이의 감정을 있는 그대로 읽을 수 있게 된다. 다만 아이의 감정만 읽으려 하지 말고 부모 자신의 감정을 읽으려는 노력도 곁들여야 한다. 부모가 자신의 감정을 축소하고 억압하고 방임한 상태에서 아이의 감정을 제대로 읽어주기란 사실상 불가능하기 때문이다.

　　　　　　　　　　　– 《부모와 아이 중 한 사람은 어른이어야 한다》 임영주

　어느 한쪽으로 치우치지 않게 잡아준 게 글쓰기였습니다. 아이들의 감정도 살피면서 내 감정은 어떤지 수시로 글을 쓰면서 들여다봤습니다. 글을 쓴다고 쉽게 나아지지 않았습니다. 7년째 노력하고 있지만, 여전히 힘이 든 게 사실입니다. 저도 저지만 아이들 역시 사춘기를 거치며 점점 자기 주관이 생기는 과정이기도 합니다. 그러니 언제든 의견 충돌이 있을 수 있고 감정 기복이 생길 수도 있습니다. 늘 살얼음판을 걷는 기분이랄까요. 그렇다고 마냥 불안한 건 아닙니다. 아이들에게 맞춰주기 전에 저부터 바로 세우려고 노력했기 때문입니다. 내 마음이 단단해져야 아이들의 태도를 인정하고 받아들일 수 있을 것 같았습니다. 내가 나를 잘 모르면서 어떻

게 두 딸을 끌어안을 수 있을까요? 그래서 글을 쓰면서 나부터 바로 세워갔습니다. 아마도 그게 도움이 된 것 같습니다. 또 그런 노력이 아이들에게 전해졌나 봅니다. 어느 때부터 두 딸과 부딪치는 횟수가 줄었고 웃을 일이 점점 많아지는 중입니다.

전두엽은 감정을 조율하고 일을 기획하고 조직하고 판단하고 결과를 예측하는 기능을 가졌습니다. 이 부위가 발달하여야 사회생활을 잘하는 성인으로 성장한다고 합니다. 전두엽은 여자는 24세, 남자는 30세에 완성됩니다. 이제 중학생이 된 자녀가 감정 조절을 못 하고, 계획적이지 못하고, 잠이 많고, 우선순위가 뒤죽박죽인 이유를 이해하게 되었습니다. 부모인 우리도 30세까지는 자녀와 같은 시기를 지냈다고 보면 됩니다. 다만 부모가 되면서 이를 망각했기에 사춘기 자녀를 닦달하는 거로 생각합니다. 이런 내용을 미리부터 알았더라면 얼마나 좋았을까요? 그나마 다행입니다. 이제라도 두 딸을 이해하는 데 도움이 되었으니 말입니다. 이런 마음가짐으로 관계가 지속된다면 서로의 등을 볼 일은 없을 것 같습니다. 부모인 저부터 두 딸을 이해하려고 노력하면 시간이 갈수록 돈독해질 수 있을 것입니다.

"아들아, 딸아, 엄마, 아빠가 전두엽 공부를 했는데 네가 지금 이렇게 행동하는 건 전두엽에서 대공사가 일어나고 있기 때문이래. 우리도 이해해 주려고 노력할게. 너도 이 사실을 알고 나면 조금 조절하는 데 도움이 될 거야."

— 《박상미의 가족 상담소》 박상미

추천 도서

- 《자녀가 상처받지 않는 부모의 말투》 김범준
- 《부모와 아이 중 한 사람은 어른이어야 한다》 임영주
- 《박상미의 가족 상담소》 박상미
- 《좋은 아버지로 산다는 것》 김성은
- 《사랑받는 아빠는 소통법이 다르다》 신우석

가족과 관계 회복이 필요할 때 질문

최근에 겪었던 갈등에서 당신은 어떤 감정을 느꼈나요?

상대방은 어떤 감정을 느꼈을까요?

이제까지 크게 상처 받았던 경험과 그때 마음이 어땠나요?

아내(자녀)와 관계에서 가장 큰 불만이나 스트레스의 원인이 있나요?

상대방에게 상처 준 말과 행동에는 어떤게 있나요?

내가 상대방에게서 상처 받은 말과 행동이 있나요?

그때 감정은 어땠나요?

어떤 방식으로 이해해 주길(이해 받길) 원하나요?

가족 안에서 자주 다투거나 갈등을 겪는 이유는?

과거 어떤 경험이 지금의 갈등에 영향을 미친 것 같나요?

서로의 의견과 감정을 왜 제대로 전달하지 못할까요?

더 좋은 관계를 만들 수 있다면 가장 작은 행동은 무엇일까요?

앞으로 서로에게 어떤 부분에서 기대하는 게 있나요?

내가 더 잘해줄 수 있는 구체적인 행동에는 어떤게 있을까요?

지금 겪는 문제를 해결한다면 어떻게 달라질까요?

어떤 노력을 하면 더 좋은 관계로 발전시킬까요?

피하고 싶은 갈등에는 어떤게 있나요?

상대방에게 감사한 걸 구체적으로 적어보세요.

상대방에게 배운 점이나 존경할 부분을 구체적으로 적어보세요.
이제까지 가장 행복했던 순간이 있나요?

내 행동 중 부정적인 영향을 주는 것과 고칠 부분은 무엇인가요?
감정이 앞서 반응했던 적 있나요?
상대를 제대로 이해하지 못했던 이유는 무엇인가요?
내 생각과 감정을 솔직하게 표현하나요? 아니면 숨기고 있나요?

[소통]
대화다운 대화를 시작하다

악에 받쳐 싸우는 모습만 기억에 남았습니다. 힘이 센 아버지는 위력으로 어머니를 제압하려 했고, 이에 지지 않으려는 어머니는 목이 쉬어라 악만 질렀습니다. 두 분이 마주 보고 대화 나누는 장면보다 싸우는 모습이 더 많이 기억에 남았습니다. 사춘기를 보낼 때도 두 분의 다툼은 이어졌고, 그 때부터 저는 입을 닫았던 것 같습니다. 할 말도 없었고, 말한들 들어줄 것 같지 않았으니까요. 내 말이 받아들여지지 않을 거라는 생각 때문에 부모님과 대화는 일찍부터 단절됐습니다. 50을 바라보는 지금도 여전히 대화가 부족합니다. 아니, 대화하고 싶지 않은 게 솔직한 심정입니다.

"어렸을 때 가족이나 친구와 나눈 경험 또는 환경에 의해 갖게 된 느낌이 지금도 떠오를 때가 있으실 겁니다. 그것이 좋지 않은 경험이나 감정에서 만들어진 것이라면 세월이 갈수록 더 단단해지게 되는데, 이렇게 나의 삶에 지속해서 영향을 미치는 감정을 '핵심 감정'이라고 합니다."

– 《우울한 마음도 습관입니다》 박상미

부모님의 부부싸움이 '핵심 감정'으로 남았는지 아내와의 대화도 서툴렀습니다. 연애 때와 결혼 후 태도는 180도 달랐습니다. 말수는 적었지만, 시시때때로 감정에 따라 싸우지는 않았습니다. 아내도 저도 그런 부분에는 통하는 게 있었습니다. 다만 제가 말을 해야 할 때조차 입을 닫는 탓에 감정의 골은 더 깊어졌습니다.

결혼 후 1년 만에 첫째를 낳았고 곧바로 장모님과 함께 살았습니다. 함께 사는 중에도 아내와 의견 차이로 인한 다툼은 이어졌습니다. 둘 다 드러내는 성격이 아닌 터라 바닷속 잠수함이 싸우듯 주변에 표를 내지 않았습니다. 짧게는 3일, 길면 10일 이상 침묵이 이어졌습니다. 침묵이 길어지면 장모님도 눈치 챘습니다. 그럴 땐 장모님은 중재보다 기다림을 선택하셨습니다. 장모님 때문이라도 억지로 갈등을 풀었습니다. 찌꺼기 남지 않게 대화로 풀었으면 좋았겠지만, 폭우 뒤 도로에 생긴 '포트홀'을 임시로 메운 것처럼 대화가 마무리됐습니다. 임시로 채운 곳은 얼마 못 가 다시 구멍이 생기는 법입니다.

그런 일이 반복될수록 우리도 지쳤습니다. 차라리 치고받더라도 속 시원하게 대화를 통해 풀어내는 게 필요하다고 서로 말할 정도였습니다. 한편으로 감정을 드러내고 싸우기 시작하면 저를 통제하지 못할 것 같았습니다. 아내와 두 딸이 저를 두려워하는 이유가 순간 욱할 때 다른 사람이 되기 때문입니다. 저는 잘 못 느끼지만, 상대방이 그렇게 느낀다면 그게 맞을 것입니다. 아마도 저 안에는 '화'가 많다고 할까요? 어릴 때부터 보고 들은 게 학습된 게 아닐까 싶습니다. 욱하는 나를 통제하기 위한 선택이 침묵이었습니다. 침묵 때문에 아내는 답답하겠지만 대신 보여주고 싶지 않은 모습은 숨길 수 있었으니까요. 제 선택이 올바른 처방은 아니었습니다. 이 또한 시간이 지나면서 곪을 게 분명했습니다. 곪아버린 상처는 찢고 고름을 짜내야 치료가 됩니다. 흉터는 남습니다. 그러니 곪지 않게 미리 예방하는 지혜와 용기가 필요했습니다.

"우리가 불안하고 불쾌한 생각을 가진다면 그 생각은 감정을 일으킨다. 감정은 행동을 일으키고 행동은 상황을 악화시키면 결국 처음에 가졌던 불안하고 불쾌한 생각이 맞았다고 생각한다. 이 사이클은 계속 반복된다. 그리고 우리는 그것을 '운명'이라고 부른다. 우리의 생각과 신념, 믿음은 계속해서 죽을 때까지 나의 삶을 지배하고 영향을 미친다."

– 《자기 돌봄》 타라 브랙

감정을 통제할 수 있다면 상황도 통제할 수 있을 거로 생각했습니다. 이제까지 감정을 억누르고 살았지, 통제할 노력은 해보지 않았습니다. 감정은 통제 대상이 아니라고, 참고 누르는 게 내가 아는 방법이라 여겼습니다. 그러니 월급을 13개월 동안 주지 않는 사장에게도 화를 내지 않았고, 원하지 않는 술자리에 불려 나가도 술을 주는 대로 받아 마셨고, 나보다 윗사람이 말도 안 되는 일을 시켜도 한 마디 못하고 시키는 대로 했습니다. 마찬가지로 아내에게도 내 감정을 드러내면 큰일 날 줄 알았습니다. 감정을 표현한다는 의미에는 부정적인 게 대부분이었습니다. 상황을 악화시키는 태도였습니다.

행복한 부부도 얼마든지 다투면서 상처를 주고받을 수 있습니다. 하지만 긍정 정서가 충분하면 어렵지 않게 사태를 정리하고 서로를 향한 좋은 감정과 감사의 마음을 회복할 수 있는 것입니다.
― 《부모 노릇》 민승기

마흔셋부터 책을 읽기 시작했습니다. 올바른 대화 방법도 책에서 배웠습니다. 마음을 다스리는 기술도 책이 알려줬습니다. 아내도 비슷한 시기에 책을 꺼내 들었습니다. 책이라는 공통 관심사가 생겼습니다. 대화법, 감정을 다스리는 기술도 필요하지만, 무엇보다 공감대가 생기기 시작했습니다. 제가 책을 읽는 이유를 아내가 이해해줬고, 아내가 책을 편

이유를 저도 공감했습니다. 책을 통해 이전보다 조금 더 편하게 대화할 기회가 생겼습니다. 공통 주제로 조금씩 대화가 이어졌습니다. 또 책으로 인해 태도에도 변화가 생겼고 아내는 이런 저를 긍정해 주었습니다. 이전까지 부족했던 긍정 정서가 서서히 채워졌습니다.

아내도 저도 말이 많은 편이 아니어서 기회가 잦거나 오래 대화하는 편은 아닙니다. 짧은 대화이지만 저는 진심으로 대하려고 노력합니다. 눈을 마주치고 긍정해 주고 고개를 끄덕여 주고 맞장구쳐주면서 말이죠. 주로 아내가 말하는 편이지만 그만큼 반응해 주는 게 제 역할입니다. 이런 식의 대화가 이어지면서 서로를 감정적으로 대하는 일은 눈에 띄게 줄었습니다. 눈치를 보는 게 아니라 공감과 이해에서 비롯된 행동이라고 저는 생각합니다. 싸우려야 싸울 수 없는 상태이죠. 이러다가도 한 번쯤은 충돌하는 때도 있을 겁니다. 만약 그런 일이 생기면 적어도 이전처럼 감정과 날을 세워 서로에게 상처 주는 말은 안 하지 않을까 짐작합니다. 그만큼 서로를 긍정하는 마음이 깊어지고 있으니까요.

추천 도서

- 《우울한 마음도 습관입니다》 박상미
- 《자기 돌봄》 타라 브랙
- 《사랑수업》 윤홍균
- 《부모 노릇》 민승기

[건강]
건강해지는 방법을 책에서 배우다

2017년 7월 어느 날, 당시 46살이던 큰형이 지병으로 삶을 마감했습니다. 당뇨로 시작해 합병증이 더해지면서 결국 투석에 이르렀습니다. 매주 3회 투석은 형을 꼼짝 못 하게 했습니다. 고집이 있어서 의사 말을 잘 안 들었습니다. 약도 제때 안 먹고 음식도 안 가리고 운동도 안 했습니다. 병을 낫겠다는 의지보다 현상만 유지하려는 것 같았습니다. 그런 모습을 지켜보며 잔소리도 몇 번 했지만 듣지 않았습니다. 보호자인 어머니 말도 안 들었습니다. 몇 번의 고비를 겨우 넘겼지만 약해진 몸은 병을 이기지 못했고 아무도 없는 집에서 혼자 먼 길을 떠났습니다.

병을 대하는 형의 태도는 치료 의지가 없어 보였습니다. 저의 착각일 수도 있습니다. 누구보다 더 살고 싶었다고 생각합니다. 만약 그랬다면 누가 봐도 치료에 진심이라는 게 전해져야 했을 겁니다. 치료 과정은 부모도 형제도 해줄 수 없습니다. 오롯이 본인의 의지와 태도가 전부입니다. 옆에서 아무리 잔소리를 해도 안 듣는 사람이 있다면, 잔소리가 필요 없을 만큼 살려는 의지로 버티는 사람도 있습니다. 큰형의 투병 과정을 지켜보면서 내 몸도 관리가 필요하다고 생각했습니다. 저도 생각만 했을 뿐 행동으로 옮기지 못했습니다. 군대 제대 이후 내 몸을 위해 제대로 관리했던 적이 없었습니다. 끊이지 않는 술자리, 불규칙한 식사 시간, 때때로 폭식과 야식이 이어졌습니다. 그러니 과체중에 높은 콜레스테롤과 당뇨에 가까운 수치를 유지해 왔습니다. 40대에 접어들면서 몸 곳곳에 이상 징후가 보이기 시작했습니다.

"환자가 당뇨 진단을 받아 당뇨약을 처방받게 되면 그 약은 당뇨를 고치려는 목적으로 처방된 것이 아니다. 앞으로 평생 먹으면서 혈당을 관리하는 약이다. 현대 의학은 당뇨 치료를 그런 식으로 하고 있다. 혈압도, 콜레스테롤도, 암도 모두 마찬가지다."

– 《환자 혁명》 조한경

큰형이 죽고 3년 넘게 이전과 같은 식습관을 유지해 왔습니다. 그러다 조한경 박사의 《환자 혁명》을 읽었습니다. 이 책에서 만성질환(고혈압, 심장병, 비만, 당뇨, 고지혈증, 뇌졸중 등)을 현대 의학에서 어떻게 다루는지 알게 되었습니다. 완치가 아닌 현상 유지가 목적이라는 말이 충격이었습니다. 나도 같은 증상이 시작되면 결국 평생 약에 의지해야 하는 게 정해진 코스였습니다. 정신이 번뜩 들었습니다. 2020년 11월 29일 건강검진받은 날부터 식단관리에 들어갔습니다. 이 글을 쓰는 지금까지 시작보다 12킬로그램 감량한 몸을 유지해 오고 있습니다.

간헐적 단식을 시작했습니다. 시작에 앞서 십여 권 책을 읽으며 올바른 정보를 선별하려고 공부했습니다. 어느 한 사람만의 이야기를 들어서는 안 될 것 같았습니다. 우리 몸이 모두 다르듯이 효과도 사람마다 다를 것이고, 어떤 이해관계에 따라 정보의 정확성도 의심해봐야 했습니다. 실제로 과학을 맹신해서는 안 된다고 말하는 과학자와 의사도 있습니다. 이 말은 의사들의 연구 논문을 맹목적으로 믿어서는 안 된다는 의미입니다. 그들조차 특정 기업과 단체의 이익을 대변하는 역할을 하기 때문입니다. 제약회사로부터 연구비 지원을 받은 논문은 해당 기업의 약에 대한 효능을 입증하는 내용을 발표합니다. 당연히 병원은 그 약을 우선 처방하는 식입니다. 사정이 이러니 더욱더 정보의 객관성을 갖는 게 필요했습니다. 어느 한쪽의 말만 믿고 섣불리 시작해서는 안 됐습니다.

단식을 선택한 가장 큰 이유는 우리 몸의 원리를 이해하고부터였습니다. 먹을 게 부족했던 우리 인류는 굶주림에 익숙했고 그 상태로 생활할 수 있게 진화해 왔습니다. 하루 세 끼를 먹기 시작한 건 산업혁명 때부터였습니다. 노동자의 생산성을 높이기 위해서 세끼 밥을 먹였습니다. 일하는 시간을 늘리기 위해 빨리 먹을 수 있는 각종 가공식품을 만들어냈습니다. 영양가가 적은 고열량 가공식품은 말 그대로 일을 위해 배만 불리는 음식일 뿐 우리 몸이 건강해지기 위해 먹는 음식이 아니었습니다. 땅에서 나는 자연 상태의 음식 재료를 먹어왔던 우리 몸은 더는 자연의 맛을 원하지 않게 되었습니다. 반대로 내 몸이 건강해지려면 공장에서 만들어내는 가공식품 대신 땅에서 나는 음식 재료를 찾아 먹으면 됩니다. 이는 상당히 불편합니다. 또 익숙하지 않습니다. 또 가공식품보다 몇 배의 비용과 노력이 필요합니다. 그러니 자연식이 좋은 줄 알지만, 섣불리 시도하지 못하는 이유이기도 합니다. 그렇다고 내 몸이 망가지는 걸 두고 볼 수 없었습니다. 그래서 먹는 양을 줄이고 가공식품을 최대한 줄이고 땅에서 나는 음식 재료를 찾아 먹기로 했습니다.

"원래 청량음료는 미국에서 옥수수가 지나치게 많이 생산된 것을 계기로 만들어졌다고 한다. 남아도는 옥수수를 버리지 않으려고 시럽으로 만들어 물에 타서 먹게 함으로써 사람들에게 팔아치울 생각을 한 것이다. 당시 그들은 시럽의 양을 얼마나 넣어야 혈당치가 올라 지복점에 이르는지도 자세히 계산했다. 다시 말해 기업의 이익을 위해 일부러 중독을 만들어 낸 것이다."

– 《식사가 잘못됐습니다》 마키다 젠지

청량음료뿐 아니라 우리가 먹는 거의 모든 음식에 당분이 포함됩니다. 당이 없는 음식을 찾기 어려울 정도입니다. 살이 찌는 걸 막고 콜레스테롤을 낮추고 심혈관 질환을 예방하려면 무엇보다 당분을 줄이는 노력이 필요합니다. 당만 줄여도 몸은 빠르게 좋아집니다. 물론 유지하는 게 무엇보다 중요하지만 말이죠. 저는 단식을 시작하면서 각종 음료수는 물론 당이 많이 들어간 음식을 멀리했습니다. 끼니때마다 음식을 가렸습니다. 그래서 하루 한 끼는 꼭 샐러드를 먹으려 노력했고, 탄산, 아이스크림 등을 멀리하고 기름진 음식을 먹는 횟수도 줄였습니다. 무엇을 먹고 먹지 않을지 원칙부터 정해놓고 식단관리를 시작했습니다. 이는 오롯이 내 몸을 위한 규칙입니다. 지키면 건강을 유지하고, 지키지 않으면 평생 의사가 처방해주는 약에 의지한 채 살아야 할 것입니다.

하루 세끼를 당연하게 먹다가 두 끼로 줄이는 게 쉽지 않았습니다. 남들은 이런 나를 이해하지 못했습니다. 한 번 사는 인생 먹는 낙도 없이 무슨 재미로 사냐고 말했습니다. 하지만 저는 제가 정한 규칙을 지키며 사는 게 더 가치 있다고 믿었습니다. 다양한 정보를 접하고 선별하고 받아들이는 과정을 거쳐 나름의 원칙을 정했고 그대로 실천했습니다. 행동하기 위해 생각부터 바꿨습니다. 생각을 바꾸기 위해 정보를 선별했습니다. 정보를 선별하기 위해 편견을 두지 않았습니다. 결국 다양한 독서가 바탕이 되었기에 건강을 유지해 올수 있었습니다.

추천 도서

- 《환자 혁명》조한경
- 《어느 채식의사의 고백》 존 맥두걸
- 《비만 코드》 제이슨 펑
- 《지방이 범인》 콜드웰 에셀스틴
- 《간헐적 단식 내가 한 번 해보지》 아놀드 홍
- 《식사가 잘못됐습니다》 마키다 젠지

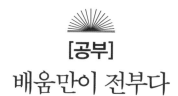

[공부]
배움만이 전부다

"호기심이 있어야 삶이 풍요로워진다. 지루하지 않다. 주변에서 삶이 지루해졌다고 얘기하는 사람이 있다."

"세상이 지루해진 것은 아니다. 세상은 예나 지금이나 마찬가지다. 세상이 지루해진 것이 아니라 당신의 호기심이 사라졌기 때문에 그렇게 느끼는 것이다."

－《일생에 한 번은 고수를 만나라》한근태

이제까지의 삶이 고만고만했던 건 호기심이 없어서였던 것 같습니다. 먹고 사는 문제와 연관이 없으면 관심 두지 않았습니다. 경제가 어떻게 돌아가든, 어떤 정책이 만들어지든, 교육 제도가 달라지는 데 별 관심이 없었습니다. 그런 것들로 인해 당장 내 삶이 달라지지 않으니 말이죠. 월급을 많이 주는 안정된 직장을 구하고, 오늘 저녁 술 한 잔 마실 친구를 찾고, 주말에 놀러 갈 궁리 하는 게 전부였습니다. 정작 인생을 어떻게 살아야 하는가에 대한 고민과 호기심은 남의 일처럼 여겼습니다. 그러니 공부니, 독서니 그딴 것들을 멀리해 왔습니다. 삶은 나아지지 않은 채 쳇바퀴만 돌았습니다.

큰딸이 수학을 포기하지 않아서 얼마나 다행인 줄 모릅니다. 저는 중학교 1학년 때 인수분해를 이해하지 못해 그때부터 수학을 포기했습니다. 이후에 배운 수학은 시험을 위한 땜질식으로 근근이 이어왔습니다. 이런 '수학 포기자'가 공대에 진학했고 수학이 필요한 업무를 20년 가까이 해오고 있습니다. 부족한 기본기는 금방 표가 났습니다. 남들에게 들키지는 않았지만 이제까지 일을 하는 내내 애를 먹었습니다. 기본적인 수학 공식을 모르니 간단한 계산도 인터넷 검색과 계산기에 의지해 왔습니다. 누가 볼까 봐 숨죽여 일하면서 말이죠. 수학을 포기한 대가로 직장에서 남들보다 뒤처졌습니다. 이런 경험 탓에 큰딸이 수학을 곧잘 하는 게 너무도 대견했습니다. 배워야 할 때를 놓치지 않았고 호기심을 잃지 않아서 다행입니다. 이제까지 살아보니 학교에서 가르쳐주는 걸 남들만큼만 배워도 인생 살아가는 데 큰 지장이 없을 것 같습니다. 때를 놓치고 쉽게 포기한 대가는 언제 어떤 식으로든 되돌아오기 마련입니다. 그래서 옛말이 틀린 게 없는 것입니다. 공부에는 다 때가 있다는 말입니다.

공부도 잘 못했고 수학도 포기했던 저는 이전까지의 삶이 비포장길이나 다름없었습니다. 남들보다 멀리 돌고 몇 배의 고생을 하며 살아왔습니다. 그랬던 저도 이제는 사람을 가르치는 일을 합니다. 책을 읽기 시작하면서 공부의 중요성을 깨달았고 내가 가진 게 무엇인지 알게 되면서 말이죠. 그저 그런 삶을 살아왔지만 쓸모없는 인생은 아니었습니다. 이제까지 남들과 비교될 만큼의 다양한 경험을 해왔습니다. 나름의 성공과 실패의 경험이 지금의 저를 있게 했습니다. 그 경험들에 책에서 배운 지식을 더하니 제법 남들에게 동기부여가 될만한 이야기가 만들어졌습니다. 나의 이야기를 쓴 글이 사람들에게 도움이 되었습니다. 똑같은 실수를 하지 않게 이정표가 되기도 했습니다. 저 또한 글을 쓰는 과정에서 내가 좋아하는 게 무엇인지, 해보고 싶은 일이 무엇인지 찾을 수 있었습니다. 직장인이 아닌 직업인이 되어야 할 이유를 찾고 실행에 옮겼습니다. 낮에는 직장인으로 밤에는 새로 배운 지식과 이전의 경험을 더해 글쓰기와 책 쓰기를 가르치는 역할을 하는 중입니다. 읽고 쓰기 시작하면서 잘하고 싶고 배우고 싶은 걸 찾은 덕분에 말이죠.

중요한 건 기술은 계속 진화하고, 미래는 점점 다가온다는 사실이다. 여기에 대응하는 건 모두의 숙제이고, 남이 이미 찾아놓은 답을 배우는 학습이 아니라 아직 아무도 발견하지 않은 것을 직접 찾으면서 배우는 교육이 미래엔 더 필요해진다. 프로페셔널 스튜던트는 공부를 누가 시켜서 하는 것도, 일방적으로 흡수만 하는 것도 아니다. 학생은 학생이지만 공부의 주도권을 가진 것이 바로 프로페셔널 스튜던트다.

– 《프로페셔널 스튜던트》 김용섭

수학 포기자였고 공부하는 방법을 몰랐던 제가 사람들에게 글쓰기를 가르치기 위해 배움을 이어가는 중입니다. 공부가 평생 직업을 가능하게 했습니다. 사람들에게 글쓰기를 가르치기 전에 저부터 공부해야 합니다. 내가 배우지 않으면서 어떻게 남을 가르칠 수 있을까요? 다가올 미래에 스스로 살아남을 기술이 하나씩 필요합니다. 또 나이 들수록 독립적인 존재로 거듭날 자기만의 콘텐츠도 필요한 게 현실입니다. 나부터 그런 존재가 되어야 남도 가르칠 수 있습니다. 배우지 않고는 할 수 없는 일입니다. 반대로 끊임없이 배운다면 전혀 불가능한 일이 아닙니다. 이미 세상에는 배움을 바탕으로 자기만의 경력을 쌓아가는 사람이 많습니다. 나이에 상관없이 배우면 배울수록 존재가치가 올라갑니다.

저는 공부의 구성 요소를 이렇게 생각합니다.
'젊은 친구들, 너무 두려워하지 말자. 어차피 조금은 엉성한 구조로 가는 게 낫다. 이런 것에 덤벼들고 저런 것에 덤벼들

면, 이쪽은 엉성해도 저쪽에서 깊게 공부하다 보면, 나중에
는 이쪽과 저쪽이 얼추 만나더라.'

깊숙이 파고든 저쪽이 버팀목이 되어 제법 힘이 생깁니다.

– 《최재천의 공부》 최재천, 안희경

학교 성적은 좋지 않았지만 대신 다양한 경험을 많이 해 왔
습니다. 순탄하지 못한 길을 걸으며 남들에게 없는 그런 경
험도 많습니다. 좋아하는 일을 찾지 못했을 때는 그런 경험
이 아무런 쓸모 없을 줄 알았습니다. 읽고 쓰기를 공부했고
글쓰기를 가르치게 되면서 쓸모없는 경험은 없다는 걸 알았
습니다. 오히려 그때의 경험들 덕분에 나의 가르침이 더욱더
풍부해지는 효과가 있습니다. 내가 했던 실수와 실패가 그들
에겐 좋은 사례가 될 수도 있으니까요. 또 글쓰기를 더 배울
수록 균형을 맞춰가는 것 같습니다. 글쓰기에 대한 지식에
무게가 더해질수록 과거의 경험에도 가치가 입혀지면서 점점
균형을 맞춰가는 것입니다. 쓸모없는 경험은 없다고 했습니
다. 다만 그 경험을 보다 가치 있게 활용할 무언가를 찾지 못
했을 뿐입니다. 이 또한 배우는 과정을 통해 자기만의 가치
를 발견해낼 수 있을 겁니다. 그러니 배움은 언제 어떤 식으
로든 누구에게나 꼭 필요할 것입니다. 배우기를 선택한다면
말이죠.

추천 도서

- 《일생에 한 번은 고수를 만나라》 한근태
- 《프로페셔널 스튜던트》 김용섭
- 《최재천의 공부》 최재천, 안희경
- 《고수의 학습법》 한근태

글쓰기, 나를 바로 세우다

    시대가 달라져도 변하지 않는 진리가 있습니다. '과정 없이 결과 없다' 입니다. 걸음마를 배울 때도 수십 번 넘어진 뒤 걷게 됩니다. 살을 뺄 때도 꾸준히 운동하고 적게 먹어야 합니다. 시험에도 정해진 과목을 공부해야 합격 점수를 받습니다. 이 중 어느 것도 과정을 소홀히 하면 원하는 결과를 얻지 못합니다. 바꿔 말해 바라는 게 있다면 과정에 충실히, 될 때까지 계속하면 반드시 얻게 된다는 의미이기도 합니다. 이는 불변의 진리입니다.

    고등학교 때 학교까지 버스로 1시간이었습니다. 대학교 때도 지하철 세 번 갈아타고 2시간 만에 학교에 도착했습니다. 직장 생활 18년 동안 아홉 번 이직하면서도 늘 혼자 출퇴근했습니다. 출퇴근 시간은 하루 중 유일하게 주변 사람과 떨어지는 시간입니다. 그래서인지 그 시간을 잘 활용하면 제법 알찬 성과를 내기도 합니다. 시간을 소중히 여기는 이들은 출퇴근을 활용해 원하는 성과를 내기도 합니다. 불행히도 저는 이제까지 주어졌던 셀 수 없는 그 시간을 허투루 보냈습니다. 멍하니 있거나, 영화를 보거나, 지나가는 사람 구경, 영양가 없는 통화, 온라인 쇼핑 등으로 낭비했었습니다. 아마 일찍부터 오가는 시간에 스스로 정한 목표를 이루기 위해 꾸준히 노력했다면 뭘 해도 해냈을 겁니다. 가치 있게 사용할 수 있는 '혼자 있는 시간'을 낭비하고 말았습니다.

> 우리의 마음속에는 누구도 침해할 수 없는 자기만의 공간이 있다. 현대인이 숱한 마음의 병에 시달리는 것은 자기만의 방문을 두드리는 시간이 적기 때문 아닐까? 쓰기란 적어도 쓰는 그 순간만큼은 자기만의 공간에 저벅저벅 걸어 들어가 문을 걸어 잠그는 행위다. 오로지 자신과 독대하며 깊이 소통하는 글쓰기.
>
> – 《글쓰기가 필요하지 않은 인생은 없다》 김애리

2018년부터 책을 읽었고 글도 쓰기 시작했습니다. 그때도 직장에 다니는 중이었습니다. 책은 주로 출퇴근 이동 시간과 자기 전에 읽었습니다. 하루에 평균 2~3시간 독서에 매달렸습니다. 책만 읽다가 글도 쓰려니 시간이 부족했습니다. 잠을 줄인 덕분에 출근하기까지 평균 4시간이 만들어졌습니다. 주변에 방해 없이 오롯이 나에게 집중하는 시간이었습니다. 매일 책을 읽는 건 당연했고 플러스 다양한 종류의 글을 써냈습니다. 나의 장단점, 직업에 대한 고민, 가족 문제, 직장 처세, 서평, 자기 계발, 건강 관리 등 여러 생각을 담아냈습니다. 매일 한 편씩 여러 종류를 번갈아 꾸준히 쓰다 보니 글이 제법 쌓였습니다. 주제별로 쌓인 글을 정리해 책으로 냈습니다. 매일 새벽 혼자 있는 시간에 읽고 쓰기를 반복한 덕분에 책을 출간할 수 있었습니다. 쓸모를 찾지 못했던 출근 시간을 활용해 책을 내는 성과를 냈습니다.

> 혼자 있는 시간을 이용하여 혼자가 아니고는 할 수 없는 세계를 즐길 수 있다면 40대, 50대, 60대가 되어도 충실한 날을 보낼 수 있다. 사람들과 함께 있어도 즐겁고, 혼자가 되어도 만족스럽다. 하지만 그것은 어느 정도 젊을 때 혼자 있는 시간을 즐기는 습관, 즉 고독의 기술을 익혀둬야 가능한 일이다.
>
> — 《혼자 있는 시간의 힘》 사이토 다카시

과거의 저는 혼자 있는 시간을 나를 위해 사용하지 못했었습니다. 현재의 나는 혼자 있는 시간을 오롯이 즐기며 나를 위해 할 수 있는 일을 하는 중입니다. 독서와 글쓰기, 온전히 혼자 즐겨야 합니다. 사람들이 찾지 않아도 불안해하지 않습니다. 혼자 있을 때 할 게 없었던 과거의 나는 사람들이라도 찾아주길 바랐습니다. 불안했던 것 같습니다. 사람을 만나지 않으면 연결이 안 되는 줄 알았습니다. 하지만 지금은 다릅니다. 혼자 있는 시간 덕분에 만나지 않아도 불안하지 않습니다. 읽고 쓰는 시간을 꾸준히 이어온 덕분에 결국 홀로 설수 있게 됐습니다. 스스로 만족해하는 삶을 살게 되면서 사람과 연결에서 벗어날 수 있습니다. 오히려 언제든 내가 원하는 때 사람들을 만나면 됩니다. 단절과 고립이 아닌 관계를 주도하는 것입니다. 나를 중심으로 관계를 다시금 재정의해 갑니다.

어떤 결과도 과정 없이 완성되지 않습니다. 과정에는 필연적으로 혼자 있는 시간이 필요합니다. 또 단시간에 완성되는 성과도 없습니다. 성과는 될 때까지 포기하지 않았을 때 비로소 내 것이 됩니다. 한 권의 책을 출간하는 과정도 마찬가지입니다. 한 편의 글을 써내는 과정도 그렇습니다. 책 한 권 읽어내기까지도 똑같습니다. 모든 일은 과정에 충실했을 때 성과로 이어지는 법입니다. 혼자 있는 시간이 주어졌어도 제대로 활용하지 못했던 과거의 제 삶은 만족스럽지 못했습니다. 불평불만을 달고 살았었습니다. 뭘 해도 제대로 못하는 인간, 아무런 성과를 내지 못하는 실패자로 살아왔습니다. 되짚어보면 과정에 최선을 다하지 못했기 때문입니다. 그랬던 저도 글을 쓰면서 과정의 중요성을 깨달았습니다. 한 편의 글을 완성하기까지 오롯이 혼자 고민하고 쓰고 고치기를 반복해야만 제대로 된 글이 완성됐습니다. 어떤 글도 과정 없이 완성된 적 없었습니다. 매일 한 편씩 완성해 가는 과정 덕분에 스스로 중심 잡고 설 수 있었습니다. 매일 해야 할 일을 해내기 위해 시간을 허투루 사용하지 않았고, 가족과 더 나은 관계를 만들기 위해 감정에 휘둘리지 않았고, 더 많은 사람과 새로운 만남을 갖기 위해 가진 걸 기꺼이 나누었습니다. 이 모든 게 더 나은 나를 만들어가는 과정이었습니다. 원한다고 손쉽게 결과가 만들어지는 경우는 없습니다. 과정 하나하나에 마음을 다했을 때 한 단계씩 나아갈 수 있습니다. 변하지 않는 진리입니다. 원하는 게 있으면 한 단계씩 과정을 밟아가야 합니다. 기한도 정해지지 않았습니다. 될 때까지 한눈팔지 않고 계속해 나가는 겁니다. 매일 딴 생각 안 하고 혼자 있는 시간에 글을 쓴 덕분에 여러 권을 낼 수 있었던 것처럼 말이죠.

추천 도서

- 《글쓰기가 필요하지 않은 인생은 없다》 김애리
- 《혼자 있는 시간의 힘》 사이토 다카시
- 《뼛속까지 내려가서 써라》 나탈리 골드버그
- 《읽고 쓴다는 것, 그 거룩함과 통쾌함에 대하여》 고미숙

나에게 의미 있는 여덟 단어는
무엇인지 적어보세요

학교 다닐 때 공부를 잘하지 못했습니다. 공부에 취미가 없어서 책도 대충 읽었지만, 책 한 권을 여러 번 읽는 사람도 봤습니다. 왜 읽을까요? 대부분 이유는 읽을 때마다 책에서 얻는 감흥이 다르기 때문입니다. 쉽게 말해 밑줄 긋는 부분이 달라진다는 의미입니다. 왜 그럴까요? 사람은 끊임없이 변화하고 성장하기 때문입니다. 살아가면서 보고 듣고 배우고 깨닫는 과정에서 이전과 다른 사고를 갖게 됩니다. 사고는 곧 나의 가치관이기도 합니다. 달라진 가치관으로 이전에 읽었던 책을 다시 본다면 분명 다르게 받아들이게 되는 것이죠.

같은 의미로 나에게 의미 있는 단어들 또한 인생의 주기마다 달라질 것입니다. 10대 때 나에게 가장 의미 있었던 건 무엇이었을까? 그걸 단어로 표현할 수 있나요? 또 20대 때 나에게 의미 있었던 단어는 무엇이었나요? 사회생활과 가정을 꾸리는 30대, 그 당시 나에게 가장 중요한 단어들은 무엇이었을까? 인생에서 가장 격정적인 40대라면 어떤 단어가 중요할까요? 은퇴를 준비해야할 50대는 어떤 단어를 마음에 새겨야 할까요? 60부터 시작이라는 말처럼 그들에게 의미 있는 단어는 무엇일까요?

인생 주기마다 중요한 단어를 적어보는 건 어떤 의미가 있을까요? 나의 관심사가 무엇인지 알 수 있을 것입니다. 관심사를 분명히 하면 삶의 방향성이 생깁니다. 43살부터 책을 읽으면서 퇴직 후 직업에 대해 긴 시간 고민해 온 끝에 작가·강연가를 선택하게 된 것도 '직업'이라는 단어에 관심을 가졌기 때문입니다. 2, 30대 때 직업은 단순히 생계유지 수단이었습니다. 그러나 퇴직 이후 직업은 노년의 삶의 질과도 연결됩니다. 다양한 관점에서 고민한 끝에 나이 들어서도 의미와 가치 있는 직업을 찾게 되었습니다.

대상을 이해하는 시작은 '관심'입니다. 내가 가진 다양한 문제를 해결하는 출발선도 관심입니다. 지금 나에게 가장 중요한 게 무엇인지, 어떤 문제를 고민하는지 단어로 적어보는 겁니다. 그리고 그 단어들이 과거의 나에게는 어떤 의미였는지 되돌아봅니다. 그러고 나서 앞으로의 나에게는 어떤 의미일지도 고민해보세요. 각각의 단어에 대해 생각하는 사이 앞으로 어떻게 살아야 할지에 대한 방향성도 생길 것입니다. 단어들을 따라가다 보면 분명 이전과 다른 자신을 만나고 지금과 다른 삶을 살 힌트를 발견하게 됩니다. 확실한 한 가지는 더 좋은 삶은 아직 오지 않았다는 겁니다. 우리는 충분히 바라는 대로 만들어낼 능력을 갖추고 있다고 저는 믿습니다.

나에게 의미 있는 여덟 단어
(지금의 나를 기준으로 과거 또는 미래의 여덟 단어를 적어 보세요)

20대 때의 여덟 단어

1) _____ 2) _____

3) _____ 4) _____

5) _____ 6) _____

7) _____ 8) _____

30대 때의 여덟 단어

1) _____ 2) _____

3) _____ 4) _____

5) _____ 6) _____

7) _____ 8) _____

40대 때의 여덟 단어

1) _____   2) _____

3) _____   4) _____

5) _____   6) _____

7) _____   8) _____

50대 때의 여덟 단어

1) _____   2) _____

3) _____   4) _____

5) _____   6) _____

7) _____   8) _____

60대 때의 여덟 단어

1) _____   2) _____

3) _____   4) _____

5) _____   6) _____

7) _____   8) _____

70대 때의 여덟 단어

1) _____   2) _____

3) _____   4) _____

5) _____   6) _____

7) _____   8) _____

PART 5

책에서
배우는
하루 경영

하루 경영을 위한 기본기 세 가지

　퇴직할 나이가 아닌데 퇴사를 결심한 지인이 몇 있었습니다. 직장인이 아닌 직업인으로서 새 출발을 했습니다. 직장을 다니는 동안 차곡차곡 준비했다고 합니다. 늦기 전에 새일에 도전하고 싶다고 했습니다. 결과는 두 가지였습니다. 하나는 준비대로 잘 실행해 제2의 삶으로 연착륙합니다. 반대로 준비가 부족해 암초를 만나 좌절하고 결국 다시 직장으로 돌아갑니다. 실패한 여러 이유가 있을 겁니다. 그중 자주 언급되는 게 자기 관리였습니다. 직장이라는 틀 안에 살다가 틀을 벗어났을 때의 자유를 통제하지 못했다고 합니다. 남는 시간을 제대로 사용하지 못했다는 의미입니다. 지켜보는 사람이 없는 자유라는 함정입니다. 연착륙하는 이들의 공통점도 자기 관리였습니다. 누가 보든 안 보든 스스로 규칙을 정하고 지켰기에 가능했다고 합니다. 저도 7년째 직장에다니며 퇴직을 준비해 오고 있습니다. 제가 정한 규칙을 지키며 자기 관기 즉, 하루 경영을 연습해 오고 있습니다. 핵심은 목표, 시간 관리, 꾸준함입니다.

첫째, 흔들리는 나를 잡아주는 목표

2022년에는 어떤 형태로든 책 다섯 권을 쓰겠다고 목표를 세웠습니다. 불가능해 보이기도 했지만 할 수 있을 것 같았습니다. 결과부터 말하면 개인 저서 1권, 공저 1권, 전자책 3권을 출간했습니다. 브런치 공모전에 출품한 40꼭지 분량의 원고도 썼고, 앞서 써놓은 두 번째 저서의 퇴고 작업까지 마무리 지었습니다. 한 번에 하나씩 해낸다는 각오로 한 해를 시작했습니다. 개인 저서를 시작으로 두 달간 이어진 공저 작업, 40일 동안 매일 한 꼭지를 써낸 브런치 응모전, 3주에 한 권꼴로 완성한 전자책, 그리고 두 번째 저서 퇴고 과정까지. 정해놓은 목표가 하나씩 실현되는 걸 보면서 남은 목표도 해낼 수 있겠다는 자신감이 들었습니다. 직장이 먼저이니 다양한 핑계를 댈 수도 있습니다. 숫자는 핑계 앞에서도 힘이 셉니다. 핑계를 선택지에서 지우니 할 수 있다만 남았습니다. 할 수 있는 나를 믿고 일 년 내내 목표를 향해 중심 잡고 나아갈 수 있었습니다.

둘째, 하루를 허투루 살지 않는 시간 관리

다섯 권을 써내기 위해서는 매일 써야 했습니다. 새벽 5시 일기를 시작으로 8시 50분 사무실 책상에 앉기까지 오롯이 읽고 쓰는 시간입니다. 읽기 위해 쓰고 쓰기 위해 읽습니다. 출근 전까지 정해놓은 분량을 채우기 위해 사력을 다합니다. 그래도 못 채우면 틈틈이 씁니다. 오늘 써야 할 분량을 채우면 내일 쓸 내용을 구상합니다. 책에서 뉴스에서 TV에서 일상의 대화에서 글감을 얻습니다. 혼자 점심을 먹으며 책을 읽고, 읽은 내용에서 영감을 받기도 합니다. 퇴근길엔 또 책을 읽습니다. 일주일에 이틀 듣는 글쓰기 수업도 빼놓지 않습니다. 짬짬이 시간을 활용해 다음 글을 쓸 준비를 합니다. 직장인으로서 읽고 쓰기를 지속하기 위해서 시간 관리는 필수가 되었습니다. 하루 중 새벽 시간을 제외하면 일과 가정에서 보내는 시간이 대부분입니다. 그 시간 사이사이에도 틈은 있습니다. 그 틈을 활용하는 게 시간 관리의 핵심이기도 합니다. 몇 분이 모여 몇십 분이 되고, 몇십 분이 모이면 몇 시간을 오롯이 나를 위해 투자하게 되는 겁니다.

셋째, 될 때까지 포기하지 않는 꾸준함

목표, 시간 관리 그리고 꾸준함, 이 셋은 한 몸이라고 생각합니다. 목표가 아무리 구체적이고, 시간 관리를 철저하게 해도 꾸준하게 끝까지 해내지 못하면 아무것도 성취하지 못합니다. 결국 성과를 내는 건 될 때까지 하는 꾸준함입니다. 불가능해 보였던 다섯 권도 결국 해낸 건 포기하지 않았기 때문입니다. 막연하고 불안하고 할 수 있을까 의심했다면 아마 목표에 닿지 못했을 겁니다. 불안과 의심을 극복하는 방법 중 하나는 꾸준히 해보는 겁니다. 어제 했으면 오늘도 하고, 오늘도 해냈으니 내일도 하게 됩니다. 열정은 매일 하는 것으로부터 생긴다고 했습니다. 꾸준히 하다 보면 열정도 생기고 열정이 의심과 불안을 잠재울 것입니다. 자신을 믿는 것만큼 강력한 동기부여는 없다고 생각합니다. 제가 다섯 권을 쓸 수 있었던 것도 이런 이유였습니다.

2022년 한 해 동안 스스로 세운 목표를 이루기 위해 매일 꾸준히 반복했습니다. 그 이전에도 1년 300권 읽기, 매일 블로그 포스팅, 일기 쓰기 등 스스로 정한 목표를 이루기 위해 저를 단련했습니다. 매번 완벽하게 성공했다고 할 수 없습니다. 목표치를 초과한 적도 그렇지 못한 때도 있었습니다. 실패에서 배우지 않으면 실패로 끝납니다. 실패에서 다른 방법을 발견하고 다시 시도하면 실패가 아닙니다. 그렇게 자신을 진화시킵니다. 자신이 성장하면서 하루 경영도 개선됩니다. 제가 말하는 세 가지 외에도 각자에게 필요로 하는 것들이 있을 겁니다. 꼭 필요한 것을 갖추었다고 반드시 성공한다는 보장도 없습니다. 상황에 맞게 가치관에 따라 진화하기 위해 도전하고 실패하고 다시 시도하는 유연함이 필요할 것입니다.

"모든 배움과 훈련은 그 과정에 대한 진화를 요구하며, 방식의 변화에 따라 효과는 급증하게 마련이다. 실패한 방법을 답습하면서 여전히 좋은 결과를 기대한다면 우둔한 것이다. 현명한 사람은 성공할 때까지 방법을 달리해본다."

-《나는 이렇게 될 것이다》 구본형

오늘 해야 할 일을 할 뿐

우리 인생이 오늘에 따라 내일이 결정된다면 어떨까요? 그런 확신이 있다면 누구나 오늘 주어진 일에 최선을 다하려고 할 것입니다. 하지만 인생은 그렇게 흘러가지 않습니다. 내일을 알 수 없기에 오늘에도 최선을 다하지 않는 사람도 있고, 반대로 내일을 알 수 없기에 오늘에 정성을 다하는 사람도 있습니다. 여러분은 어느 쪽인가요?

독서 모임을 운영해 온 지 2년이 되어갑니다. 글쓰기 모임에 참여한 이들과 책도 함께 읽으면 좋을 것 같아서 시작했습니다. 독서 모임에 참여만 해봤을 뿐 운영해 본 경험은 없었습니다. 경험은 없지만 우선 시작부터 했습니다. 모임 시간과 읽을 책을 정하고 제가 생각한 운영 방식을 공유했습니다. 저는 물론 그들도 처음이었기에 다행히 제가 제안한 방식을 잘 따라주었습니다. 한 달에 두 번 만나길 수개월, 그사이 운영 방식에도 변화를 줬습니다. 각자의 2시간을 가장 효과적으로 사용하기 위해서 말이죠. 아직은 서툴러 안정될 때까지는 시간이 더 걸릴 수 있습니다. 무엇보다 모두에게 도움이 될 수 있는 방식은 경험을 통해 알아갈 수 있습니다. 만나는 횟수가 거듭될수록 서로가 만족할 수 있는 방식으로 진화해 갈 것입니다. 정답이 정해진 게 아닐 테니까요. 오히려 정답이 없기에 다양한 시도를 할 수 있었습니다. 시행착오를 겪지만 분명 처음보다는 나아지고 있습니다. 매번 모임에 최선을 다하면서 말이죠.

일이 뜻대로 되지 않거나 상사에게 부당한 처우를 받으면 사표에 손이 가길 여러 차례였습니다. 그때는 당장이라도 뛰쳐나가 새로 시작할 자신이 있었습니다. 그동안 읽고 쓴 노력이면 언제 시작해도 무슨 일이든 할 수 있을 것 같았거든요. 자리 잡을 때까지 몇 달만 고생하면 직장에서 받는 스트레스에서 해방될 것 같았습니다. 하지만 여전히 같은 직장을 다니고 있습니다. 순간의 충동이 사그라들고 나면 현실이 보였습니다. 책을 많이 읽고 매일 글을 쓰는 게 당장 돈벌이가 되는 건 아니었습니다. 대개는 직장을 그만두어도 월급만큼의 수입이 보장될 때 그만두라고 조언합니다. 그러지 않고는 중간에 포기하거나 다시 원래 자리로 돌아갈 수도 있을 거라면서요. 그러니 무턱대고 시작할 게 아니었습니다. 독서 모임처럼 시작하고 발전시켜 나가는 것과는 다른 문제였습니다. 시작에 초점을 맞추기보다 어느 정도 결과에 대한 확신을 가질 필요가 있습니다. 성과를 낸 다음에 사표를 내고 퇴사하는 게 순서일 겁니다. 그러니 그때까지는 스스로 스트레스를 해결하며 버텨내는 게 지금 당장 할 수 있는 일입니다.

어떤 일은 준비 없이 시작하고 하나씩 만들어 갈 수 있습니다. 또 준비 후 시작하고 더 나아져야 하는 일도 있습니다. 저는 이 둘을 반대로 했었습니다. 직장을 아홉 번 옮기는 동안 두 번이나 대책 없이 뛰쳐나갔습니다. 저는 물론 가족도 힘든 시기를 보내야 했습니다. 더 좋은 직장을 갖고 싶어 자기 계발도 열심히 했습니다. 준비만 잔뜩 하고 막상 꾸준하지 못해서 원하는 성과를 내지 못했습니다. 오히려 대충 시작하고 꾸준히 했어야 성과가 났을 겁니다. 반대로 살아왔으니, 반대로 걸어갔던 것 같습니다. 웃는 일보다 화내는 일이 많았고, 할 수 없는 핑계를 먼저 찾았고, 실패도 당연하게 여기고, 만나는 사람도 달라지지 않았고 무엇보다 남들처럼 살 수 있을 거라는 막연한 기대를 하고 살았습니다. 노력은 하지 않으면서 말이죠.

아무런 계획도 없이 읽기 시작한 책이 5년 동안 천 권이 넘었습니다. 읽을수록 목표가 정해지고 계획을 세우고 꾸준히 실천해 왔습니다. 시작했기 때문에 계속할 수 있었습니다. 계속하게 되면서 매년 목표도 새로 할 수 있었습니다. 목표를 하나씩 달성하면서 더 큰 목표를 갖게 되었습니다. 웃을 일도 많아졌고 핑계보다 행동이 앞섰고 실패에서 다음 기회를 찾고 만나는 사람도 달라졌습니다. 무엇보다 뜬구름 잡는 내일을 기약하기보다 손에 잡히는 오늘에 최선을 다하게 되었습니다. 결과를 알 수 없기에 지금 해야 할 일에만 집중하는 게 최선이었습니다. 그렇게 나를 변화시키니 사람이 보였습니다. 내가 경험한 것들을 나누면 그들도 나와 같은 경험을 할 수 있을 것 같았습니다. 배울 때 느꼈던 즐거움도 있지만, 나눌 때 얻는 기쁨은 또 달랐습니다. 저는 TV에 나오는 유명인이 아닙니다. 수많은 사람 앞에 서는 강연가도 아직은 아닙니다. 돈 버는 방법이나 투자에 성공한 인플루언서도 아닙니다. 저는 그저 매일 저의 일상을 공유했을 뿐입니다. 읽은 책을 나누고, 생각 담은 글을 올렸습니다. 매일 하고 싶은 걸 해 왔습니다. 그렇게 쌓인 하루 덕분에 나눔의 기쁨도 알았고 더 성장해 올 수 있었습니다. 천 권을 읽고 보니 주변에 사람이 모였고, 하고 싶은 일을 찾았고, 가족과 가까워졌고, 내일에 대한 불안 대신 오늘에 집중할 수 있게 되었습니다. 7년 전 무작정 시작한 것치고 아직은 과정도 결과도 나쁘지 않다고 생각합니다. 그래서 앞으로도 살아온 대로 살아가 보려고 합니다. 매일 읽고 쓰면서 말이죠.

　우리가 살 수 있는 시간은 지금뿐입니다. 과거는 이미 박제된 채 흘러갔습니다. 미래는 아무것도 잡히지 않습니다. 우리가 숨 쉬고 행동하고 손에 잡을 수 있는 건 현재뿐입니다. 지금을 어떤 모습으로 살아내느냐에 따라 과거도 달라지고 미래도 기대하게 됩니다. 그러니 우리가 집중해야 할 건 오직 이 순간뿐입니다. 오늘에 최선을 다하지 않고 내일을 원하는 대로 살 수 있는 사람은 없습니다. 그렇다고 내일을 알 수 있는 사람도 없죠. 답이 정해진 문제는 답을 따라야 합니다. 누구나 더 나은 내일을 바랍니다. 바라는 대로 내일을 살고 싶다면 우리가 해야 할 일은 지금에 집중하는 것입니다. 지금을 살아가는 모습에 내일의 나가 담겨 있습니다. 오늘을 잘 사는 것만이 우리가 가장 잘할 수 있는 일입니다.

　"인생은 현재의 연속이다. 살아야 할 때는 지금밖에 없다. 인생이란 마음속으로 그리는 미래의 삶을 사는 것이 아니다. 현재를 삶으로써 진정한 미래의 삶을 살 수 있다."

　랄프 왈도 에머슨의 말입니다.

오늘 더 나아지는 두 가지 도구

새벽 5시 50분, 맥도날드에 자리 잡았습니다. 자릿값으로
낸 드립 커피 한 잔을 옆에 두고 노트북을 켰습니다. 때마침
입구에서 80살은 넘어 보이는 어르신이 들어옵니다. 곧장 카
운터에 가서 주문합니다. 직원도 익숙한 듯 주문을 받습니
다. 어르신은 두 테이블 건너 자리 잡았습니다. 입고 있던 외
투를 벗는 사이 주문한 음식이 나왔습니다. 가방에서 신문을
꺼냅니다. 허리가 반쯤 굽은 채 해시브라운을 먹으며 신문을
읽기 시작합니다. 글씨가 잘 안 보이는지 굽은 허리를 더 굽
혀 얼굴을 신문 가까이 가져갑니다. 어르신은 어떤 마음으로
이 시간 이곳에서 신문을 읽고 있을까요?

세상에 대한 호기심일까요? 첫 장부터 천천히 읽어 내려가
는 모습이 익숙해 보입니다. 아마도 긴 시간 신문을 읽지 않

앉을까 짐작합니다. 나이 들수록 육체는 노화되지만, 정신은 그렇지 않습니다. 주위에 관심 두고 사는 건 나이와 상관없습니다. 제 생각에 정말 늙는다는 건 주변과 세상에 관심 두지 않는 겁니다. 소통에는 나이가 중요하지 않습니다. 소외되는 건 소통을 못 하기 때문입니다. 나이 들어도 세상일에 관심 두고 정보를 습득하고 타인의 말에 귀를 기울이면 얼마든 소통할 수 있다고 저는 생각합니다.

하지만 어쩌면 이런 생각은 지극히 이상주의적일 수 있습니다. 나조차도 나이 많은 어르신들과 대화가 쉽지 않습니다. 그들에게 먼저 다가갈 용기도 없습니다. 그들도 비슷할 것입니다. 아무리 세상일에 관심 두고 신문을 읽고 정보를 받아들여도 정작 대화 나눌 대상이 없을 테니까요. 그렇다고 관심을 꺼버린 채 산다면 더 고립된 삶을 살게 될 겁니다. 소통은 차치하더라도 스스로 깨어 있는 수단으로 신문을 읽고 책을 읽는 노력은 분명 도움이 될 것입니다. 저도 책을 읽기 시작한 이유는 나이 들고 몸이 쇠약해져도 할 수 있는 것이기에 선택했습니다.

세상은 아는 만큼 보인다고 생각합니다. 다양한 매체를 통해 뉴스를 읽고, 대화를 통해 정보를 접하고, 원하는 지식을 검색으로 손쉽게 얻는 세상입니다. 관심과 노력만 있으면 세상이 어떻게 돌아가는지 알 수 있는 요즘입니다. 나이 불문 얼마든 가능합니다. 중요한 건 깨어 있어야 합니다. 정보를 손쉽게 구할 수 있다고 해도 관심 두지 않는다면 쓸모없습니다. 팔순의 어르신이 이 새벽에 신문을 읽는 이유도 깨어 있기 때문일 것입니다. 세상을 더 알고 싶은 호기심이 행동으로 이어졌다고 생각합니다.

나는 깨어있는지 생각해봤습니다. 그러려면 다양한 분야의 책을 읽는 게 도움을 줍니다. 과학, 건강, 인문, 자기 계발, 경제 등 여러 분야 책을 통해 정보를 얻고 지혜를 배웁니다. 각각의 분야를 깊이 배우진 않았지만, 이제까지 알게 된 건 수박 겉핥기 수준은 되는 것 같습니다. 설익은 수준입니다. 그래도 이전의 나보다는 많이 발전했다고 스스로 자부합니다. 세상이 어떻게 돌아가든 눈 감고 귀 막고 지냈던 적이 있었습니다. 지금은 적어도 관심 있는 분야도 배우고, 필요한 것도 스스로 배우려고 노력 중입니다. 배우는 게 재미있어서 안테나를 더 세우고 싶니다.

한 편의 글을 쓰기 위해 세상과 주변에 안테나를 세웁니다. 경험한 일, 누군가의 이야기, 책에서 읽은 내용을 글감으로 씁니다. 이러한 과정 또한 세상과 소통하는 거로 생각합니다. 관심 있지 않으면 흘려보낼 것들입니다. 글로 옮겨 적으며 하고 싶은 말도 그 안에 담아냅니다. 내 생각, 감정, 가치관을 글에 담아 주변 사람에게 말을 겁니다. 내 글에 반응하는 사람도 있고 그렇지 않은 이들도 있습니다. 나도 마찬가지입니다. 저마다의 생각이 담긴 글을 읽으며 나와 결이 같은 글에는 반응하니 말입니다.

나이 들어서도 책을 읽을 수 있듯, 글도 얼마든 쓸 수 있습니다. 그런 이유로 마흔이 넘어 작가라는 직업을 선택했습니다. 시간이 지날수록 제 선택이 옳았다는 믿음에 확신합니다. 주변에도 나이와 상관없이 여전히 왕성하게 활동하는 여러 작가만 봐도 그렇습니다. 그들에게는 읽고 쓰는 게 세상에 대한 호기심을 지키는 중요한 수단입니다. 그로 인해 더 다양한 사람을 만나고 더 폭넓게 소통할 수 있으니 말입니다. 다행인 건 나이 들수록, 경험이 쌓일수록 그 사람의 가치 또한 높아진다는 점입니다. 버릴 게 없다는 의미입니다.

소통할 수 있는 도구가 예전보다 많아진 요즘입니다. 하지만 반대로 소통에는 더 소극적으로 되어갑니다. 자신을 드러내길 꺼리는 이들이 많아졌습니다. 굳이 소통하지 않고 세상에 관심 있지 않아도 즐길 거리 시간 때울 거리가 많은 게 현실입니다. 오로지 내가 관심 있는 것에만 집중하는 겁니다. 세상이 어떻게 돌아가는지 소통을 왜 해야 하는지 신경 쓰지 않으면서요. 내 몸 하나 건사하는 걸로 충분하다고 여기는 것 같습니다. 그런 삶이 어떠할지는 굳이 말하지 않아도 잘 알 거로 생각합니다.

세상은 빠르게 변하고 있습니다. 원치 않는다고 변화를 막을 수도 없습니다. 내가 선택한 직업이 어느 순간 사라질지도 모를 일입니다. 변화의 시기를 놓치지 않으려면 항상 깨어 있으라고 말합니다. 주변과 세상이 어떻게 돌아가는지 항상 주의를 기울여야 한다는 의미입니다. 대체되지 않으려면 대체 불가 인간이 되라고 말합니다. 대체 불가의 첫 번째 조건은 남들과의 차별성입니다. 차별성은 호기심과 관심에서 비롯됩니다. 다양한 역량을 개발하고 깊이를 더할수록 독보적인 존재가 될 것입니다. 그러기 위해 독서와 글쓰기만 한 도구가 없다고 저는 생각합니다.

읽기를 통해 세상을 이해하고 새로운 걸 배웁니다. 쓰기를 통해 생각을 정리하고 사람들과 소통합니다. 한 번에 많은 양을 읽고 쓰기보다 매일 조금씩 할 수 있는 만큼 해보는 겁니다. 한꺼번에 큰 걸음을 내딛기보다 내가 중심 잡고 설 만큼의 보폭이면 충분합니다. 그렇게 한 발씩 내딛다 보면 세상을 더 넓고 깊이 이해하고, 다양한 사람과 여러 주제로 소통하게 될 것입니다. 읽고 쓰기, 이 두 가지 도구만 매일 꾸준히 갈고 닦는다면 분명 어제보다 나은 오늘을 살 수 있습니다. 저뿐 아니라 수많은 사람이 읽고 쓰기를 통해 이전과 다른 하루를 살아가는 중입니다. 이제 여러분 차례입니다. 여러분의 오늘 또한 책과 글쓰기로 더 가치 있는 시간으로 채울 수 있을 것입니다.

실천 5

하루 한 문장 읽고 쓰기
– 독서록을 쓰는 나만의 방법

  책을 읽는 이유는 무엇일까요? 이 질문에 대한 답은 사람 수만큼이라고 저는 생각합니다. 이 말은 책을 읽는 사람마다 책에서 얻는 게 다 다르다는 의미입니다. 바꿔 말하면 우리는 책을 통해서 필요한 걸 얻을 수 있다는 데 공감합니다. 그렇다면 책에서 필요한 걸 얻는 방법은 무엇일까요? 읽기만 한다고 얻어지는 게 아니라는 걸 누구나 공감할 것입니다. 책은 우리가 글로 쓰거나 행동으로 옮길 때 원하는 걸 준다고 생각합니다. 이 두 가지, 글로 쓰는 것과 행동으로 옮기는 건 어떻게 해야 할까요?

  책에서 배운 걸 행동으로 옮기는 건 그다지 복잡하지 않습니다. 책을 읽고 느끼고 이해한 대로 행동하면 됩니다. 가령 더 나은 인간관계를 만들고 싶다면 더 자주 소통하고 먼저 연락하고 더 많이 들어주면 됩니다. 책은 이런 행동을 했을 때 인간관계가 더 나아질 수 있다고 사례를 들어 알려줄 것입니다. 우리는 읽은 대로 실천해 보며 자신의 삶에 적용하면 됩니다. 어쩌면 지극히 단순합니다. 실천할 용기면 충분합니다.

  또 하나 글로 쓰는 건 어떻게 할 수 있을까요? 학교 다닐 때 독후감을 써봤을 겁니다. 읽은 책을 요약하고 느낀 점을 적었습니다. 학기 중에도 방학에도 꾸준히 읽게끔 목록을 작성해 줬습니다. 책을 좋아하는 아이는 꾸준히 읽으며 기록으로 남깁니다. 저처럼 책을 싫어했던 아이는 읽기도 싫었고 독서록을 쓰는 건 더더욱 괴로웠습니다. 읽기만 해도 머리에 남는다면 얼마나 좋을까요? 불행히도 기록해 놓지 않으면 기억에도 금방 잊히는 게 독서입니다. 그래서인지 뒤늦게 책을 읽기 시작하면서 독서록을 쓰는 게 적지 않은 스트레스였습니다. 남들은 어떤 식으로 기록하는지 찾아봤고 따라 해보려고도 했습니다. 잘되지 않았습니다.

제 블로그 서재에는 980여 권이 저장되어 있습니다. 1,500여 권을 읽었고 그중 980여 권에 대한 기록을 남겼습니다. 그중 일부는 책 제목만 적어놓은 것도 있습니다. 그 외에는 저만의 독서 기록 방법으로 작성해 놨습니다. 저는 그다지 똑똑하지도 꼼꼼하지도 못한 성격입니다. 쉬워야 오래 할 수 있을 것 같았습니다. 그래서 원칙을 정했습니다. '책 한 권에서 하나만 남기자'라고 말이죠.

제가 독서록을 쓰는 방법은 이렇습니다. 우선 다 읽은 책에서 마음이 움직인 문장 하나를 선택합니다. 선택한 문장을 블로그에 옮겨 적습니다. 적어놓은 문장에 이어 내 생각이나 경험을 적고 느낀 점을 적었습니다. 방법을 고민할 필요도, 정해진 형식도 없습니다. 정말 단순하게 문장 하나에 생각 하나를 적는 겁니다. 그렇게 쓴 글이 1천 개 가까이 쌓였습니다. 그러는 사이 제 삶도 지금 이렇게 변화해왔습니다. 기록으로 남긴 덕분에 말이죠.

독서를 꾸준히 못 하는 데는 여러 이유가 있습니다. 그중 읽은 책을 어떻게 기록할지에 대한 고민도 빼놓을 수 없습니다. 기록하는 방법 때문에 책 읽기를 포기하는 이들도 적지 않습니다. 그러니 때마다 독서법 관련 책들이 끊임없이 나올 테고요. 물론 그런 책도 필요하고 누군가는 큰 도움을 받았을 수도 있습니다. 책을 읽는 방법에도 정답이 없듯, 기록하는 방법도 정답이 없다고 저는 생각합니다. 자신의 성향, 습관, 기준에 따라 기록하는 게 가장 좋은 방법일 것입니다. 그래야 꾸준히 할 수 있고 더 쉽게 오래 기억에 남길 수 있습니다. 한마디로 내 마음대로 쓰는 독서록이 정답이라는 말입니다.

부모는 아이들에게 젓가락 쥐는 법을 가르칩니다. 어떤 아이는 배운 대로 쥐지만, 다른 아이는 자신이 편한 방법대로 젓가락을 쥡니다. 그걸 보고 맞다 틀렸다 말하는 부모 없습니다. 정답이 없으니까요. 독서록을 쓰는 방법도 다르지 않다고 생각합니다. 나에게 가장 잘 맞는 방법을 선택하고 꾸준히 하는 게 가장 중요할 것입니다. 책을 몇 권만 읽고 말 게 아니라면 말이죠. 시중에 나온 다양한 방법을 참고하되 자신에게 가장 편한 방법을 스스로 찾았으면 좋겠습니다. 그래야 책도 꾸준히 읽게 되고, 읽고 기록한 양이 많아질수록 삶에도 변화가 찾아올 테니 말입니다.

방법) 1. 책에서 한 문장 발췌한다.

2. 그 문장과 관련된 경험이나 생각을 적는다.

3. 경험이나 생각을 통해 전하고 싶은 메시지를 한 문장으로 만든다.

물이 차면 넘친다

　　헬스 트레이너에게 퍼스널트레이닝을 받아보셨나요? 받아본 경험이 있다면 입에서 단내가 나고 욕이 목구멍까지 차오른 기억 한 번쯤 있을 겁니다. 트레이너의 구령에 따라 정해진 숫자를 채워야 한 세트가 끝이 납니다. 호기롭게 시작해도 숫자가 더해질수록 힘은 빠지고 몸은 땅으로 꺼집니다. 옷은 땀에 젖고 팔다리는 내 몸에서 떨어져 나간 것 같습니다. 이럴 거면 차라리 시작 말 걸 후회가 밀려옵니다. 그래도 트레이너의 지시에 따라 모든 과정을 끝내고 나면 몸 이곳저곳 제법 근육이 보입니다. 물살에 똥배는 사라지고 근육질 몸으로 점차 변해갑니다. 달라진 몸을 지켜보면 그제야 운동하길 잘했다는 생각이 듭니다. 그럴 때면 참 간사하구나 싶습니다. 과정을 건너뛰고 결과만 얻는다면 얼마나 좋을까요. 아마도 백 년을 더 살아도 그런 일은 일어나지 않을 겁니다.

트레이너를 속으로 욕하면서도 시키는 대로 꾸준히 했을 때 군살도 빠지고 근육도 차오릅니다. 지겨울 만큼 반복했을 때 서서히 몸이 만들어집니다. 몸은 정직하다고 했습니다. 우리 인생도 다르지 않을 것 같습니다. 모든 일에는 순서가 있습니다. 알맞게 익은 과일이 떨어집니다. 억지로 따면 먹을 수 없습니다. 과정을 지키고 순서를 기다리면 반드시 바라는 결과를 얻는 법입니다.

구직은 기다림의 연속입니다. 이력서를 내고 연락이 오길 기다리는 동안 조바심이 났습니다. 가장이라 무작정 시간만 보낼 수 없었습니다. 먼저 연락해 볼까 싶다가도 그러지 못했습니다. 연락이 없다는 건 거절의 의미였으니까요. 거기다 대놓고 왜 연락을 안 주냐 따질 수도 없는 노릇입니다. 포기할 건 빨리 잊고 다른 곳에 지원하는 게 더 나았습니다. 시간은 걸리더라도 다른 방법 없습니다. 거절을 각오하지 않았다면 이직해서는 안 되는 거였습니다. 자의든 타의든 직장을 옮겨야 한다면 거절은 감수해야 했습니다. 그렇게 순리에 따라 포기하지 않은 덕분에 여덟 곳을 다닐 수 있었습니다. 원하는 게 있으면 시도가 먼저입니다. 시도보다 더 중요한 건 될 때까지 기다리는 겁니다. 상대의 거절에 조바심 내봐야 내 뜻대로 되지 않습니다. 감정만 상할 뿐입니다. 마음을 비우는 게 쉽지 않겠지만 별수 없습니다. 여덟 번 이직하는 동안 이런 순리를 이해했습니다. 그때는 다른 대안이 없었기에 참고 기다리는 게 전부였습니다. 다행히 좋든 나쁘든 여덟 번 이직에 성공했습니다. 될 때까지 기다린 덕분에요. 여전히 도전은 진행 중입니다. 매일 같은 일상을 반복하지만, 성과는 쉽게 나오지 않습니다. 그릇에 물을 채우듯 묵묵히 내 할 일을 할 뿐입니다. 때가 되면 물이 차 넘치듯 지금 도전도 때가 되면 성공할 거로 믿습니다. 그때까지 한눈팔지 않고 직진할 뿐입니다.

우리는 살면서 원하든 원치 않든 적어도 한 번은 변화를 경험하게 됩니다. 저는 어쩌다 책을 읽은 게 변화의 시작이었습니다. 계획이나 목표 없이 무작정 시작되었습니다. 변화가 시작되기는 했지만, 성과가 금방 나오지는 않았습니다. 남들은 3개월, 6개월, 1년 만에 천지가 개벽할 만큼의 변화와 성장을 해냈다고 자랑했습니다. 그들을 보면서 나는 왜 안 될까 자책하기도 했습니다. 이왕 시작한 거 나도 남들처럼 그럴듯한 변화가 생기길 바랐습니다. 시간이 지나도 큰 변화는 없었습니다. 그렇다고 포기하고 싶지 않았죠. 될 때까지 했을 때 성과를 얻는다고 배웠습니다. 더는 물러설 곳도 대안도 없던 터라 한눈팔지 않기로 했습니다. 묵묵히 반복하면 언젠가 성과가 날 거로 믿으면서요. 결과부터 말하면 저의 믿음은 틀리지 않았습니다. 7년째 같은 일상을 반복해오는 동안 1,500권을 읽었고 10권의 책을 썼습니다. 그릇에 물이 차면 넘칩니다. 물은 바닥부터 채워지고 가득 차면 넘치는 게 순리입니다. 조바심 낸다고 중간부터 채울 수도 없는 노릇입니다. 저도 마찬가지였습니다. 그동안 이렇다 할 성과가 없던 터라 밑바닥부터 채워야 했습니다. 바닥부터 채워지면서 조금씩 성과가 났습니다. 새벽 기상 7년, 1,300일째 일기 쓰기, 4년째 식단관리(소식), 36개월째 금주가 그렇습니다.

책은 우연히 읽기 시작했지만, 새벽 기상, 일기, 식단관리, 금주는 목적을 갖고 시작했습니다. 책 읽고 글 쓰는 시간이 더 필요했기 때문입니다. 의욕만 앞서 무리하게 새벽 기상을 했다면 아마 지쳐 포기했을 겁니다. 대신 몸 상태에 따라 기간을 두고 일어나는 시간을 조금씩 앞당겼습니다. 일기를 쓰면 좋다는 말만 듣고 시작했었다가 1년 쓰고 멈췄습니다. 시간이 지나 글을 더 잘 쓰고 싶은 욕심에 다시 시작했고, 1,300일째 이어오고 있습니다. 소식도 마찬가지였습니다. 몸이 보내는 신호, 의사의 조언을 더는 무시할 수 없었습니다. 결심하고 즉시 시작했습니다. 다양한 책을 읽고 방법을 개선하며 지속해 오고 있습니다. 술을 끊은 것도 이유가 있었습니다. 적은 양을 마셔도 다음 날 일어나는 데 영향을 받았습니다. 한편으로 술만 끊으면 새벽 기상, 일기 쓰기, 식단관리까지 지장 받지 않을 것 같았습니다. 장점이 분명하니 끊어야 할 이유도 명확했습니다. 그렇게 저마다의 때에 맞춰 하나씩 실천했고 성과를 냈습니다. 순리를 따른 덕분에 말이죠.

트레이너에게 PT 받는 횟수가 더해지면 몸에도 변화가 생깁니다. 몸도 순서대로 변화가 생깁니다. 군살이 먼저 빠지고 근육에 상처 나고 재생되길 반복하며 몸매도 매끈해집니다. PT 한두 번에 몸짱이 되는 일은 일어나지 않습니다. 트레이너도 상대방의 몸 상태에 알맞은 프로그램으로 순서대로 진행해 갈 것입니다. 제아무리 뛰어난 트레이너도 근육부터 만들어주지 못합니다. 꾸준한 반복으로 몸이 건강해지듯 오랜 기다림으로 맛이 나는 음식도 있습니다. 숙성을 오래 할수록 맛이 나는 음식이 있습니다. 열 달을 채웠을 때 아기는 태어납니다. 물은 0도씨가 넘어야 얼기 시작합니다. 숙성이 덜 된 음식은 제맛이 나지 않습니다. 열 달을 못 채운 아기는 인큐베이터의 도움이 필요합니다. 1도만 낮추지 않아도 물은 얼지 않습니다.

컵에 물이 차면 넘치는 게 이치입니다. 몸에 근육도, 숙성된 음식 맛도, 열 달을 채운 아기도, 0도씨에서 언 얼음도 모두 제때를 기다렸기에 얻을 수 있는 결과입니다. 우리가 살면서 한 번은 경험하게 될 변화도 저마다의 때가 있다고 생각합니다. 미리부터 준비하면 그때가 왔을 때 덜 불안하고 덜 두려울 것입니다. 하지만 '그때'가 언제 올지는 아무도 모릅니다. 그러니 평소에 준비하는 마음가짐이 필요할 것입니다. 지금 할 수 있는 것을 하나씩 실천해 보며 때를 기다리는 겁니다. 컵에 물을 채우듯이 말이죠. 꾸준히 물을 채우다 보면 어느 순간 넘치게 됩니다. 그때가 몸에 근육이 붙고, 알맞게 숙성되고 열 달을 채우고 얼음이 얼기 시작하는 순간일 것입니다. 그저 묵묵히 오늘 할 일을 하면 '그때'가 올 테고요.

독서는 정복이 아닌 동반자

음악을 선명하게 듣고 싶어서 2년간 사용한 이어폰을 바꾸기로 했습니다. 몇 달 고민 끝에 귀를 덮은 헤드폰을 구매했습니다. 이어폰이 줄기 하나에 핀 꽃 한 송이었다면, 헤드폰은 나뭇가지를 덮은 꽃 같았습니다. 여러 악기 음이 더 선명하게 들렸습니다. 얼마 전부터 재생 중 갑자기 멈추는 현상이 반복되었습니다. 같은 현상이 잦아지니 잘못 샀나 싶어 짜증부터 났습니다. 헤드폰 문제가 아닐 수도 있습니다. 원인을 알면 해결될 일입니다. 원인을 모르니 짜증과 탓을 하게 된 것 같습니다. 화부터 낼 일이 아닌데도 말이죠. 만약 전문가가 증상에 관해 설명하고 수리해주면 새것처럼 다시 쓸 수 있습니다. 살면서도 이 같은 일이 자주 생깁니다. 남 탓하게 되고 이유 없이 화내고 내 감정만 앞세우는 상황입니다. 그때 전문가가 옆에서 원인을 알려주고 고민을 들어주고 방법을 제시해 준다면 어떨까요? 아마 삶이 조금씩 나아지지 않을까요?

　이직이 잦았었습니다. 짧으면 2개월 길어야 2년을 넘기지 못했습니다. 직장을 옮기는 이유는 대개 역량을 키워 연봉을 올려 받거나 직급을 높여 가기 위함입니다. 삶이 더 나아지길 바라면서 말이죠. 저는 그런 고민이나 조건을 따져 이직하지 않았습니다. 두어 번은 내 의지와 상관없는 이직도 있었습니다. 굳이 핑계를 대자면 첫 단추를 잘못 꿰였던 겁니다. 사업 실패로 남은 빚을 갚기 위해 직장이 필요했습니다. 경력도 학력도 없던 저를 믿어준 친구 덕분에 새 직장을 구했습니다. 빚도 갚고 결혼도 하고 아이도 태어나고 회사에서 인정도 받았습니다. 하지만 비전공자였던 저는 자격지심이 있었습니다. 친구가 소개해준 직장을 주변의 만류도 뿌리치고 결국 4년도 못 채우고 도망쳤습니다. 그 뒤로 여덟 번 이직이 이어졌습니다. 잘못 접어든 길을 15년 동안 걸어왔습니다. 그때 만약 옆에서 누군가 제대로 된 조언을 해줬다면 어땠을까요? 그보다 제가 먼저 조언을 구했다면 달라졌을까요? 다르게 살길 원했다면 먼저 조언을 구하는 방법을 택해야 했습니다. 그런 노력도 안 하고 흘러가는 대로 살아온 대가는 불만과 원망만 남았습니다.

7년 전 지금 직장으로 옮기며 더는 이직 안 하겠다고 다짐했습니다. 이곳에 다니는 동안 새 직업을 찾고 시작하고 자리 잡겠다는 각오였습니다. 믿는 게 있었습니다. 그 결심을 책을 읽기 시작한 지 6개월쯤 지났을 때 했습니다. 책에서 100명이 넘는 사람을 만났습니다. 그들을 보면서 앞으로 무엇을 하며 어떻게 살아야 할지 질문하고 답을 찾기 시작했습니다. 어떤 질문에는 답을 쉽게 찾았고 다른 질문에는 여전히 답을 찾고 있습니다. 서른 즈음 대책 없이 직장을 뛰쳐나왔을 때와는 달랐습니다. 제 곁에서 저를 지켜주는 수많은 책 속 인물이 있었습니다. 그들에게 기대고 조언을 구하고 잔소리를 들으며 똑같은 실수를 하지 않으려고 했습니다. 언제 어디서든 책만 펴면 필요한 답을 찾을 수 있었습니다. 중요한 건 그들이 알려주는 답이 정답은 아니라는 겁니다. 정답은 저 스스로 찾아야 했습니다. 그들이 그들의 삶에서 자기만의 정답을 찾아 책을 써낸 것과 같은 이치입니다. 저도 제 생각과 생활 방식에 맞는 답을 찾아가는 것입니다. 사람 생김새가 제각각이듯 삶의 모습도 저마다 다릅니다. 그러니 내 삶의 정답도 달라야 할 테고요. 그런 마음가짐으로 7년 동안 꾸준히 읽었습니다. 글도 쓰면서 말이죠. 1천 명 이상의 사람을 만나는 동안 제 생각과 가치관도 처음과는 달라졌습니다. 아홉 번 이직은 어쩌면 도망 다니기 급급했던 시간이었습니다. 하지만 지금은 더는 도망가고 싶지 않습니다.

책을 통해 저에게 필요한 답을 찾았고 그 답이 맞는지 확인해보고 싶기 때문입니다. 만약 다시 도망간다면 어렵게 잡은 기회를 스스로 날리는 꼴입니다. 그런 각오로 마지막 이직을 준비 중입니다.

　새로 산 헤드폰을 통해 전해지는 악기 소리를 하나하나 놓치지 않았습니다. 집중해서 들으니 이전과는 또 다른 감동이 전해졌습니다. 놓쳤던 악기 음이 더해지면서 감정도 풍부해지는 것 같았습니다. 물론 막 귀이다 보니 더 좋다 정도로밖에 표현하지 못하겠습니다. 책을 읽는 것도 이와 비슷하다고 생각합니다. 여러 종류의 책을 읽다 보면 새로운 걸 배우는 건 당연합니다. 거기에 더해 평소 생각하지 않았던 내용에 대해 고민하고, 관심 두지 않았던 것들에 대해 생각하는 계기도 됩니다. 우리가 먼저 관심 두고 다가서면 책은 언제든 필요한 것들을 아낌없이 내어줍니다. 어떤 선택 앞에서 다양한 조언을 들어보는 것과 그렇지 않은 것은 분명 결과가 달라질 것입니다. 다양한 의견을 들었을 때 올바른 선택할 확률도 올라갈 것이고요. 그렇다고 언제나 바른 판단만 하는 건 아닙니다. 필요한 정보를 취사선택할 수 있는 눈도 꼭 필요합니다. 선택에 관한 결과는 오롯이 본인에게 있습니다. 누구를 탓해서는 안 됩니다. 책은 말 그대로 동반자일 뿐입니다. 동반자는 곁에 있음으로써 제 역할을 다합니다. 판단

하고 선택하고 책임지는 건 온전히 자신의 몫이어야 합니다. 우리는 자기만의 인생을 살아야 하니까요.

　더 나은 경험을 위해 기꺼이 많은 돈을 냅니다. 돈보다 경험의 가치가 더 크기 때문입니다. 여행의 경험, 음악에 심취한 경험, 맛있는 음식을 맛본 경험이 삶을 더욱 풍성하게 해줄 것입니다. 그런 경험들 덕분에 지친 일상에도 활력을 되찾게 됩니다. 경험이 곧 동반자입니다. 우리가 다양한 경험을 직접 할 수 있다면 얼마나 좋을까요? 현실은 그렇지 못합니다. 대신 책이라는 아주 훌륭한 동반자가 있습니다. 과거로 현재로 미래로 다녀올 수도 있고요. 남자로 여자로 아이로 엄마로 아빠로 살아보기도 합니다. 어느 곳이든 어떤 일이든 누구든 경험해 볼 수 있는 유일한 도구가 책입니다. 책을 통한 경험은 당연히 우리 삶을 전보다 더 풍요롭게 만들어줄 것입니다. 책만 가까이 둔다면 우리가 누릴 수 있는 혜택은 이루 말할 수 없습니다. 저가 경험했듯 하고 싶은 일도 찾고 사람도 만나고 가족과의 관계도 나아지는 건 일부일 뿐입니다. 앞으로가 더 기대되는 삶을 살 수 있는 것도 그중 하나라고 생각합니다. 이 정도 이유만으로도 내 곁을 내어주기에 충분합니다.

　책을 통해 매일 새로운 경험을 할 수 있다면 그 삶은 과연 어떨까요? 나만 변하지 않으면 책은 평생 새로운 경험을 선사해 줄 것입니다. 더불어 내 삶도 나의 하루도 의미와 가치가 더해질 것이고요. 그러니 책은 삶을 가치 있게 살게 해줄 훌륭한 동반자입니다.

나와 잘 지내고 싶을 때 던질 질문

나에게 지금 가장 필요한 건 무엇인가요? (정신적, 감정적, 육체적 필요)

최근에 가장 강렬했던 감정은 무엇이며, 원인은 무엇인가요?

반복하는 행동이나 선택은 나의 욕구가 반영되었나요? 아니면 기대에 따른 건가요?

스트레스를 가장 많이 받는 상황은 무엇이고 이를 어떻게 관리하나요?

내가 사랑하는 내 모습은 무엇이며, 자부심을 느끼는 때가 있나요?

약점과 실수를 인정하나요? 아니면 그로 인해 부담을 느끼나요?

스스로에게 얼마나 너그럽나요? 자신을 용서하지 못했던 경험이 있나요?

자신이 완벽하지 않다고 인정하려면 어떤 생각과 태도를 가져야 할까요?

개선하고 싶은 부분과 이를 위해 가장 먼저 해야 할 건 무엇일까요?

내가 나아지는 습관은 무엇이고, 꾸준히 유지하려면 어떤 노력이 필요할까요?

어떤 목표를 갖고 있고, 그 목표는 자신에게 어떤 의미인가요?

원하는 모습으로 성장하기 위해 지금 할 수 있는 작은 행동은 무엇일까요?

최근에 자신에게 보상이나 위로를 건넨 적 있나요?

감정이 벅찰 때 어떻게 반응하나요? 그 반응이 긍정적인 영향을 미치나요?

감정적으로 어려웠던 경험과 이를 극복해낸 방법은 무엇인가요?

지금 휴식이 필요하나요? 어떤 방법이 있을까요?

자신의 결정을 신뢰하나요? 결정 내릴 때 자신있나요?

자신의 강점은 무엇이며, 이를 통해 성취해낸 게 있나요?

가장 중요하게 생각하는 교훈은 무엇이며, 삶에 적용 중인가요?

지금까지 겪은 실패와 실수에서 무엇을 배웠고, 얼마나 성장했나요?

가장 중요한 가치는 무엇이며, 선택과 행동이 그 가치를 반영했나요?

매일 어떤 목표를 이루려 노력하고, 그 목표는 어떤 의미인가요?

내가 정의하는 행복은 무엇이며, 이를 위해 무엇을 하고 있나요?

앞으로 가장 기대하는 것은 무엇인가요?

최근에 자신을 인정해 준 경험은 무엇인가요?

돌이켜보면 자신에게 감사해 했던 적 있나요?

감사했던 경험이 나를 얼마나 성장시켰나요?

이제까지 이룬 것들에 만족하나요? 아니면 더 많은 걸 바라나요?

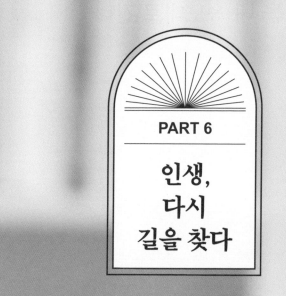

PART 6

인생,
다시
길을 찾다

나는 내 속도대로 간다

책을 읽다 보면 눈물이 맺히는 문장도 만나고 뒤통수가 얼얼해지는 글도 만납니다. 자연히 그 글을 쓴 작가가 대단해 보입니다. 나라면 이런 문장을 쓸 수 있었을까? 가만히 생각해보면 불가능한 일도 아닙니다. 글 쓰는 과정에 답이 있었습니다. 어떤 글이나 초고부터 시작합니다. 날것 그대로의 생각을 쏟아낸 글을 초고라고 합니다. 초고를 바탕으로 퇴고를 거듭하며 더 나은 문장과 내용으로 다듬어 갑니다. 오래 두고 많이 읽을수록 내용과 문장이 좋아진다고 했습니다. 우리가 책에서 만나는 명문장도 결국 수십 번 퇴고를 거쳐 나온 글입니다. 한 가지 확실한 건, 좋은 글은 초고와 비교해 더 나아진 글이라는 점입니다. 직장인에 비유하자면 신입과 경력자의 차이라고 할까요. 처음 일을 시작해 서툴고 실수하고 혼나면서 배웠던 때를 지나야 비로소 제 역할을 해내는 것처럼 말이죠. 그러기까지 어느 정도 시간이 걸리는 법입니다. 남들보다 앞서고 싶다고 과정을 뛰어넘을 수 없는 노릇입니다. 그렇다고 경쟁할 필요는 더더욱 없고요. 그저 자신에게 맞는 속도대로 배워가는 걸로 충분합니다.

원조를 뛰어넘기 위해 자칭 원조라고 이름을 내거는 식당이 많습니다. 누가 진짜 원조인지는 확인할 길은 없습니다. 단지 음식 맛으로 판가름이 날 뿐입니다. 먼저 시작했든 나중에 뛰어들었든 중요한 건 고객의 입맛을 사로잡느냐입니다. 하지만 세월의 힘을 무시하지 못합니다. 원조가 달리 원조가 아니라는 겁니다. 먼저 시작한 만큼 그동안 쌓인 경험과 실력은 비교 대상이 안 됩니다. 어쩌면 나중에 출발한 이들은 원조를 따라하기보다 자기만의 맛으로 승부하는 게 나을 수 있습니다. 그들이 원조를 따라 하려는 이유는 단 하나, 그들보다 빨리 성공을 맛보고 싶어서입니다. 방향이 아닌 속도에만 집중하면 내가 닿아야 할 목적지를 지나칠 수도 있습니다.

7년 전 책을 읽기 시작했을 때도 제 주변에는 따라잡을 수 없을 만큼 멀리 있는 이들이 많았습니다. 그들을 보면서 나도 그들처럼 근사한 성과를 뽐내는 사람이 되고 싶었습니다. 그런 욕심이 동기부여가 되어 포기하지 않고 지금까지 왔습니다. 7년 동안 1,500권 이상 읽은 성과가 그들에겐 별것 아닐 수 있습니다. 저도 자랑할 만큼은 아니라는 걸 잘 압니다. 단지 이 시간을 버티고 보니 저에게도 제법 그럴듯한 성과가 쌓여 있다는 겁니다. 물론 그 과정에 조바심도 났고 자책하기도 했습니다. 묵묵히 노력하는 나를 세상이 몰라주고, 남들은 쉽게 갖는 기회가 저에게는 오지 않는 게 속상했습니다. 그럴 때면 길을 잘못 든 게 아닌가, 속도가 느린 건 아닌지 의심이 들었습니다. 직장을 그만두면 조금 더 빨라지지 않을까도 생각해봤습니다. 그때 만약 찰나의 감정을 이기지 못해 직장을 그만두었다면 아마 다른 삶으로 이어졌을 겁니다. 가보지 않은 길이니 그 선택이 맞았다고는 말할 수 없습니다. 여전히 직장을 다니면서 이 글을 쓰는 지금, 그때 찰나의 감정을 이겨낸 게 아직은 옳은 선택이었다고 생각합니다.

조바심이 났던 그때 내 감정이 어떤지 가만히 들여봤었습니다. 원조를 따라잡기 위해 원조 흉내를 내는 그들과 다르지 않았습니다. 방향이 아닌 속도에만 신경 썼습니다. 경차가 저만치 앞서가는 스포츠카를 따라잡겠다고 아무리 속도를 내봐야 엔진에 무리만 갈 뿐입니다. 고작 몇 년 책 읽고 글썼다고 그들과 같은 기회를 바라는 건 하체 근력 없이 마라톤 완주를 하겠다는 것과 같았습니다. 마라톤에서 선두는 코스 후반부에 바뀐다고 했습니다. 초반에는 힘을 모아두었다가 상대 힘이 빠질 때쯤 모아둔 힘으로 선두까지 치고 나가는 것입니다. 멀리 내다봐야 합니다. 당장 성과에 일희일비 말고 그들과 비슷한 수준의 체력을 가질 수 있을 때까지 단련해야 했습니다. 그때 알았습니다. 그들과 나를 비교할 게 아니라 나 자신과 비교해야 한다는 것을요. 남들과 비교한들 제 몸에 근육이 생기는 것도, 경차가 스포츠카가 되는 것도 아니었습니다. 몸에 근육이 붙으려면 어제 운동량보다 오늘 더 많이 하는 방법밖에 없습니다.

뒤따르는 내가 앞서가는 이들을 따라잡을 방법이 없을까 고민해봤습니다. 두 가지 방법이 있었습니다. 하나는 속도를 올려 거리를 좁힙니다. 거리가 좁혀진다는 의미는 그들만큼 성과를 내는 겁니다. 읽고 쓰는 속도를 몇 배로 올리면 가능할 수 있습니다. 하지만 엔진 출력을 무시하고 속도를 낸 경차는 결국 퍼지고 맙니다. 두 번째는 방향을 바꿉니다. 현재 속도로 내가 바라는 목적지에 가장 빨리 닿을 수 있는 길을 찾습니다. 앞서가는 이들과 같은 목적지를 바라기에 따라가려고만 했습니다. 하지만 내가 닿고자 하는 목적지를 바꾸면 굳이 그들을 따라잡아야 할 이유가 없어집니다. 그저 내가 정한 방향으로 내 속도대로 가면 그만입니다.

생김새가 다르고 가치관도 다른데 왜 굳이 따라가려고 했을까요? 같은 일을 해도 자기만의 색으로 차별화할 수 있습니다. 초고를 쓰면서 남의 생각도 가져오고 베껴 써볼 수도 있습니다. 그 글을 고치지 않고 세상에 내놓으면 사람들은 표절이라고 합니다. 하지만 퇴고를 거치며 나만의 생각과 색을 입히면 창작이 됩니다. 아마 표절과 창작은 한 끗 차이가 아닐까 생각합니다. 퇴고를 빨리 하라고 재촉하지 않습니다. 퇴고를 멈추는 건 오롯이 자기 기준입니다. 내 가치관과 색이 충분히 입혀졌다고 생각될 때 멈추는 것입니다. 멈추기까지 얼마가 걸릴지는 중요하지 않습니다. 남들과 비교할 필요 없고요. 독자에게 울림을 주는 문장은 셀 수 없는 퇴고 끝에 나왔습니다. 어느 분야에서 원조가 되는 것 또한 수많은 시행착오와 꾸준함 끝에 오를 수 있었습니다. 명문장도 한 분야에 최고가 되는 것도 결국 '나'가 되었을 때입니다.

10분의 꾸준함이 성과를 낸다

  허핑턴포스트 US블로그에 10분 동안 잘 쉬는 10가지 방법을 소개한 글이 있습니다. 일부러 몽상하기, 바닥에 드러눕기, 손으로 하는 일을 하기, 가보지 않은 새 길로 걷기, 작은 것들을 사진 찍기, 새로운 것을 배우기, 플랭크, 스마트폰 없이 혼자 식사하기, 선행하기, 춤을 추랍니다. 각각의 방법이 어떤 효과와 의미가 있는지 설명합니다. 몽상은 문제해결, 아이디어, 계획 실현 등 생산성을 높여 줄 수 있다고 합니다. 바닥에 드러눕기는 하던 일을 멈추고 온몸에 긴장을 풀어 불현듯 깨달음을 얻을 수도 있습니다. 또 스마트폰 없이 혼자 식사하면 주위 환경을 느끼며 음식 맛을 보는 것으로 육체적, 정신적으로 충만한 경험이 될 수 있다고 합니다. 이를 통해 음식을 더 맛있게 먹고 과식도 안 하고 만족감도 높일 수 있습니다. 10가지 방법 중 자신에게 맞는 방법을 매일 10분 동안 실천해 보면 분명 삶의 만족도가 높아집니다. 단 꾸준히 할 수 있다면 말이죠.

하루에 더도 말고 덜도 말고 딱 10분만 쓰자는 각오로 노트를 폈습니다. 아마 그때 글쓰기에 정체기가 왔었던 것 같습니다. 매일 쓴다는 각오로 3년 넘게 하루도 빠지지 않았습니다. 개인 저서 집필, 블로그와 브런치에 매일 다른 글을 남겼습니다. 책에서 일상에서 직장에서 가정에서 글감을 구했습니다. 글감에도 글 실력에도 한계에 닿은 듯했습니다. 그래서 바버라 베이그의 《하버드 글쓰기》에서 알려주는 대로 딱 10분 동안 아무 제약 없이 그 순간 생각나는 대로 써보기로 했습니다. 2년째 하루도 빠지지 않고 써왔습니다. 출근 전 10분, 여행 가서 10분, 장모님 집에서 10분, 출장지에서도 10분, 그 10분이 쌓여 같은 노트를 다섯 권째 쓰고 있습니다.

점심밥을 혼자 먹는 지 4년째입니다. 사무실을 나서며 제일 먼저 귀에 이어폰을 꽂습니다. 전자도서관 앱을 켜 멈췄던 곳부터 다시 듣습니다. 식당까지 10분 남짓 걸립니다. 돌아오는 동안에도 마찬가지입니다. 일찍 밥을 먹고 돌아오면 점심시간이 끝나는 1시까지 회사 주변을 걷기도 합니다. 귀에 이어폰을 꽂은 채로요. 출퇴근과 점심시간을 활용하면 이틀에 책 한 권 듭니다. 집에서 틈틈이 종이책을 펴기도 합니다. 업무 중 차로 이동하는 시간에도 오디오북을 엽니다. 이렇게 일주일에 2~3권을 읽습니다. 주말까지 읽으면 한 달 평균 15~20권을 읽어 왔습니다. 5년 만에 1,000권 이상 읽을 수 있었던 건 10분을 놓치지 않았기에 가능했습니다.

주중에 매일 찾는 옥길동 '샐러디' 매장에 지정석이 있습니다. 창 쪽 1인 테이블입니다. 혼자 밥을 먹는 것도 어색했지만 오가는 사람이 쳐다보는 건 더 불편했습니다. 시선을 피하려면 스마트폰을 보는 방법도 있습니다. 혼자 점심을 먹으며 한 가지 원칙을 정했습니다. 오롯이 먹는 것에만 집중하자. 잘 먹는 게 식단관리를 하는 목적이었습니다. 그러니 20여 분 동안 느긋하게 먹는 걸 즐기는 게 스마트폰을 보는 것보다 더 가치 있다고 믿었습니다. 그래서 지금껏 점심 먹는 동안 스마트폰은 켜지 않았습니다. 그 시간에 온전히 집중한 덕분에 꾸준히 식단관리 해오고 있습니다. 지나는 사람과 눈 마주치는 게 어색했던 처음과 달리 요즘은 당당하게 눈을 맞추기도 합니다. 혼자 밥 먹는 제가 이상해 보이는지 그들이 더 어색해하며 먼저 눈을 피하기도 하고요. 건강을 위해 먹는 점심도, 스마트폰과 잠시 떨어진 것도, 지나는 사람의 시선에도 익숙해질 수 있었던 것도 혼자 먹는 시간을 꾸준히 지켰기에 가능했습니다.

책 읽고 일기 쓰고 혼자 점심 먹는 습관이 생긴 건 일단 시작했기 때문입니다. 어떤 행위를 꾸준히 반복하면 습관이 된다고 합니다. 습관이 되기까지 걸리는 시간은 사람마다 다릅니다. 습관은 몸의 저항 없이 자연스레 반복하는 걸 의미합니다. 목표를 성취하는 건 될 때까지 하는 것입니다. 될 때까지 한다는 건 습관처럼 한다는 의미이기도 합니다. 중요한 건 목표를 이루기 위해서든 습관을 만들기 위해서든 일단 시작해야 한다는 겁니다. 차에 타면 당연하게 전자도서관 앱을 실행시키고, 혼자 점심을 먹기 위해 사무실을 나서며 이어폰을 귀에 꽂고, 스마트폰을 내려놓고 밥을 먹습니다. 그런 다음 10분, 30분, 1시간 책을 읽고 글을 쓰고 밥을 먹는 겁니다. 1시간 동안 책을 읽는 것도 처음 책을 펴야 읽을 수 있습니다. 10분 동안 일기를 쓰는 것도 첫 글자를 적어야 써낼 수 있습니다. 그리고 정해놓은 시간을 채우면 성취감이라는 보상을 받게 됩니다. 그 보상이 다음 날도 그다음 날도 똑같은 행동을 반복할 수 있게 해줍니다. 반복하는 꾸준함이 2년째 일기를 쓰게 했고 매일 책을 읽게 했고 몸무게를 일정하게 유지하게 해주었습니다.

저는 허핑턴포스트에서 알려준 10분 동안 잘 쉬는 10가지 방법에 독서를 더하겠습니다. 책 읽는 행위는 몽상하기, 바닥에 드러눕기(장소에 따라 다르지만), 새로운 것 배우기, 손으로 하는 일 하기의 효과를 낼 수 있다고 생각합니다. 책을 읽다가 낯선 생각을 만나 문제해결의 실마리를 만나기도 할 테고요. 혼자만의 공간에서 가장 편한 자세로 책을 읽습니다. 책에서 분명 새로운 것도 배우고, 책에 메모하면서 손을 움직이게 될 테니까요. 10분 동안 책만 읽어도 이렇게 다양한 효과를 봅니다. 같은 동작을 매일 10분씩 꾸준히 반복한다면 분명 전날보다 나아진 오늘을 살 수 있을 거로 믿습니다. 저도 그래왔고요. 앞으로도 10분 동안 일기 쓰고 오고 가며 오디오북 듣고 혼자 점심 먹으며 나만의 시간을 가질 것입니다. 그게 하루 10분 동안 저에게 줄 수 있는 최고의 휴식이자 공부이자 삶을 풍성하게 해주는 습관이니까요.

실천 6
하루를 정리하는 시간
– 10분 글쓰기

일기 쓰기를 주제로 정하고 이 글을 시작했습니다. 쓰다 보니 일기보다 '10분 글쓰기'로 바꾸는 게 맞을 것 같습니다. 저는 초등학교 때 방학 숙제로 개학 전날 몰아서 썼던 일기가 마지막이었습니다. 어쩌다 보니 마흔이 넘어 다시 일기를 쓰기 시작했습니다. 정확히는 '10분 글쓰기'입니다. 왜 10분 글쓰기라고 부를까요? 부담을 덜 갖기 위해서입니다. 우리가 생각하는 일기는 하루를 돌아보며 잘못을 반성하며 내일 더 나아질 각오로 써야 한다고 알고 있습니다. 며칠 쓰는 건 어렵지 않을 겁니다. 좋은 것도 반복하면 질리는 법입니다. 의미가 아무리 좋아도 부담이 되면 하기 싫어집니다. 이왕 시작하는 거 매일 쓰는 게 도움이 된다면 매일 쓸 방법을 고민해 봐야 할 것입니다.

10분 글쓰기는 어떤 형식도 제약도 없이 하루 중 아무 때나 내가 정한 10분 동안 손과 마음이 가는 대로 쓰는 겁니다. 구성도 중요치 않습니다. 맞춤법도 필요 없습니다. 글자가 틀리고 알아보지 못해도 상관없습니다. 오로지 손으로 쓰는 그 순간에 집중합니다. 그러니 하루를 돌아볼 필요도, 잘못을 반성할 필요도, 내일 더 나아질 각오를 하지 않아도 됩니다. 쓰고 싶은 걸 마음껏 씁니다. 나에게 자유를 주는 거죠. 부담이 없다면 얼마든 하고 싶을 때까지 할 수 있지 않을까요? 설령 오늘 쓰지 못해도 상관없습니다. 보여주기 위해 연재하는 게 아니니까요. 내일부터 다시 쓰면 됩니다.

이 글을 쓰는 2024년 9월 10일 현재 1,214일째 10분 글쓰기를 이어왔습니다. 노트 7권째, 볼펜 심 20개를 썼습니다. 각각의 노트 안에는 그동안의 흔적이 담겼습니다. 책 쓰기 코치로 진로를 결정하기 전 고민했던 흔적, 출판사와 계약했던 날의 기쁨, 이직에 대한 고민, 사람에게 상처받았던 나를 위로했고, 열심히 하루를 보낸 자신을 칭찬했습니다. 어떤 내용을 쓰든 10분을 넘기지 않았습니다. 10분 안에 노트 한 페이지 채울 각오로 씁니다. 더 쓸 말이 있어도 한 페이지로 끝냅니다. 쓸 말이 없을 땐 쓸 말이 없다고 억지로라도 채웁니다. 오로지 딱 10분 동안만 허락하는 겁니다. 이만큼 쉽다면 매일 못 할 이유가 있을까요? 1시간도 아니고 딱 10분입니다. 하루 24시간 중 나를 위해 10분만 허락해 주세요. 여러분이 10분 글쓰기로 어떤 효과를 볼지 저는 모릅니다. 그건 쓰는 사람만이 체험할 수 있습니다.

어쩌면 실없는 농담을 적었을 때도 있고, 말도 안 되는 바람을 적기도 했고, 나를 냉정하게 평가하는 내용도 썼습니다. 돌이켜보면 이제까지 썼던 내용이 일기와 다르지 않습니다. 마음이 가는 대로 매일 10분씩 쓴 내용이 결국엔 나를 돌아보고 반성하고 나에게 용기를 주고 희망을 꿈꾼 글들로 채워졌습니다. 일기를 쓸 각오였다면 아마 이만큼 써내지 못했을 겁니다. 여러분도 시작하기에 앞서 자신에게 부담되지 않을 목표를 정하면 좋겠습니다. 제가 10분 동안 아무 말이나 쓰겠다고 목표를 정했던 것처럼 말이죠.

우선순위를 분명히 해라

　직업 군인 부부가 다섯 쌍둥이를 낳았다며 방송에 출연했었습니다. 진행자가 다섯 쌍둥이는 서열이 어떻게 정해졌는지 물었습니다. 자연분만이 어려워 제왕절개를 했고, 담당 의사가 꺼낸 순서대로 서열을 정했다고 합니다. 같은 날 같은 배 속에서 단지 의사의 선택에 따라 평생 형이 되고 동생이 된 것입니다. 태어나는 건 의사 손에 의해 정해지기도 하고 부모의 의지에 따르기도 합니다. 당사자에겐 선택의 여지가 없습니다. 태어난 순서를 받아들이고 어울려 살 뿐입니다.

　태어나는 순서는 어쩔 수 없지만, 내 삶에 우선순위는 내가 정할 수 있습니다. 직장인에겐 일이, 학생에겐 공부가, 정치인에겐 국민이 우선입니다. 직장인이 할 일을 다 했다면 취미를 즐길 수 있고, 학생이 공부를 다 했다면 게임을 즐길 수 있고, 정치인이 국민을 위한 활동에 최선을 다했다면 재선을 기대해도 됩니다. 반대로 우선순위를 지키지 못하면 무능한 직장인, 공부 못하는 학생, 자신만 챙기는 정치인이 될 것입니다. 해야 할 일도 안 하면서 한눈팔면 누구도 알아주지 않는 후순위 인생이 될 수도 있습니다.

이 글을 쓰는 지금, 여전히 직장인입니다. 자연히 일이 먼저입니다. 하루 중 가장 많은 시간을 직장에서 보냅니다. 간혹 일 때문에 내 시간을 빼앗기기도 합니다. 불만을 가질 수도 없습니다. 먹고 사는 게 책보다 중요하니까요. 그렇다고 내 시간이 없다고 불평만 하지 않았습니다. 직장 때문이라고 핑계 대고 싶지 않았고요. 스스로 선택해 책을 읽기 시작했다면 시간을 만드는 것도 내 의지대로 하고 싶었습니다. 책을 읽으면서 시간의 소중함을 알게 되었으니까요. 시간이 필요하다고 남에게 빼앗을 수도 없고, 돈을 준다고 더 많은 시간을 사용할 수도 없습니다. 시간의 양은 이미 정해져 있습니다. 같은 양이 누구에게나 똑같이 주어집니다. 남들과 다른 시간을 사는 방법은 똑같은 그 시간을 어떻게 활용하느냐입니다.

시간의 가치를 측정하는 기준은 시간이 만들어낸 결과물이라고 생각합니다. 몇 주 몇 달 밤낮없이 일에 매달려 프로젝트를 성공시켰다면 그 시간 동안 노력의 가치를 인정받습니다. 수개월 공부 끝에 시험에 합격했다면 그 자체로 보상받는 것입니다. 설령 실패해도 그 시간이 가치 없어지는 건 아닙니다. 바라는 보상은 아니더라도 또 다른 의미를 찾게 됩니다. 결과물을 만들기 위해 우선순위를 정합니다. 필요하면 야근도 하고 주말도 반납하고 약속도 미뤄야 합니다. 공부에 방해된다면 스마트폰도 꺼두고 집중할 수 있는 공간을 찾는 노력도 필요합니다. 책 읽는 시간을 늘리기 위해 새벽 기상을 했습니다. 적어도 새벽에는 나를 찾지 않습니다. 그 시간에 오롯이 내가 할 일에 집중했습니다. 일에 손대지 않고 스마트폰을 멀리하고 불필요한 행동을 삼갔습니다. 변화가 절실했던 저에게 새벽 시간을 우선순위에 두었습니다. 그 시간 동안 무엇을 하느냐가 앞으로 바라는 저가 되는 길이었습니다. 공간이 바뀌고 상황이 달라지고 환경이 변해도 새벽 시간을 놓지 않았습니다. 길든 짧든 그 시간에 내가 해야 할 한 가지 이상은 꼭 하려고 했습니다. 그게 독서였고 글쓰기였고 일기였고 배움이었습니다. 그런 노력이 켜켜이 쌓여 책을 읽기 전보다 조금 더 나은 오늘을 살게 했습니다. 지금껏 제가 만들어낸 결과물보다 앞으로 무엇을 만들어낼지가 더 중요했습니다. 그렇다면 우선순위에도 변화가 없어야 할 것입니다.

잠을 줄여가며 읽고 쓰는 게 힘들지 않다면 거짓말입니다. 힘은 들지만 힘들여 노력하는 의미를 늘 생각합니다. 책을 읽고 글을 쓰는 건 오롯이 혼자 하는 행위입니다. 배우고 익혀 내 안에 가두면 썩을 뿐입니다. 어디로든 흘려보내야 가치가 생깁니다. 가치가 수치로 정해진 건 아닙니다. 사람마다 다르게 다가갈 수 있기 때문입니다. 중요한 건 흐를 때 내 노력도 빛을 발하게 된다는 것입니다. 물론 대가나 인정을 바라고 하는 건 아닙니다. 더 나은 삶을 살고 싶은 욕심은 누구에게나 우선순위일 겁니다. 다만 무엇을 어떻게 해야 할지 모른다고 생각합니다. 그래서 앞선 이들에게서 제가 배우고 변화를 경험했듯, 내가 아는 걸 그들에게 나누는 게 당연한 순서입니다. 오히려 아는 걸 안다고 말하지 않으면 사람들에게 외면받을 수 있습니다. 나에게 가치 있는 걸 위해 시간의 우선순위를 정합니다. 그 시간 동안 온전히 내가 해야 할 일에 집중합니다. 배우고 경험하고 익힌 것들을 나누기 위해 남을 우선순위에 둡니다. 나만 알던 나가 남도 아는 나로 점차 변해가는 중입니다. 남과 함께 어울려 살기 위해서 말이죠.

우리는 살면서 힘든 시기를 겪기 마련입니다. 모자랄 것 없는 환경에서 자라도 자기만의 고충이 있습니다. 끼니를 걱정해야 할 정도로 부족한 환경에서 자라도 마찬가지일 테고요. 자신이 처한 환경이 어떠하든 저마다 꿈이 있고 목표를 갖고 하루하루를 살아갑니다. 꿈과 목표를 이루는 조건에는 여러 가지가 있을 수 있습니다. 견고한 신념, 포기하지 않는 열정,

될 때까지 지속하는 꾸준함. 이러한 것들을 갖게 되는 건 무엇을 우선순위에 두느냐에 따릅니다. 넬슨 만델라가 감옥에서 27년 동안 버텨낸 것도 흑인 인권 차별 정책을 개선하기 위해서였습니다. 그에겐 자신의 목숨보다 그들의 인권이 먼저였습니다. 이토 히로부미를 암살해 조국 독립이 앞당겨지길 바라며 거사를 준비한 안중근 의사. 그에겐 자기 목숨과 가족의 안위보다 조국 독립이 우선이었습니다. 150년이 지난 지금도 여전히 공사 중인 사그라다 파밀리아 성당을 설계한 안토니오 가우디. 그는 죽음에 이르러 자신이 성당을 완성하지 못한 것에 아쉬움을 표현했습니다. 하지만 자신의 뒤를 이어 완성 시킬 사람들이 나타날 것이며 그 과정에서 장엄한 건축물로 탄생할 것이라고 말했습니다. 그의 말 속에 무엇이 먼저인지 가늠해 볼 수 있을 것입니다. 오늘을 사는 우리는 중요한 걸 놓치지 않고 살길 바라봅니다.

포기하지 않을 때 얻는 것

"제 삶은 설령 〈인간극장〉에 나와도 논란이 될 만큼 처절하고 지저분한 불행의 연속이었어요. 그 처지를 비관하지 않았다면 거짓말이겠죠. 하지만 냉소에 빠져 허우적대면서 시간을 낭비하지도 않았습니다. (중략) 냉소는 인간의 가장 나쁜 감정입니다. 분노나 증오마저 마음먹기 따라 좋은 방향으로 이끌 수도 있지만, 냉소는 그저 사람을 게으르게 만들 뿐이에요. 대상을 이해할 생각도 없고, 공감하지도 못하니 무슨 발전이 가능하겠습니까." 천현우 작가의 《쇳밥일지》중 한 부분입니다. 이 책에서 그의 삶과 노동자의 현실을 들여다볼 수 있었습니다. 작가는 자기를 비롯한 노동자들이 단지 노력하지 않고 배우지 못해서 용접일을 한다는 사회의 시선을 꼬집어 말합니다. 자신의 처지에 분노하고 남들의 시선에 증오해도 그들은 자기 일에 최선을 다했습니다. 그들은 육체노동으로 고된 삶을 살아도 일상에서 의미와 행복을 찾으려고 노력했습니다. 작가는 물론 그가 만난 모두는 저마다의 삶에서 포기보다 희망을 간직한 채 평범한 일상을 살았습니다.

포기에 익숙한 일상을 살았었습니다. 하다가 안 되면 포기하고, 살다가 생각나면 다시 시도하길 반복했습니다. 포기가 반복되면 얻는 게 없었습니다. 좋은 직장도 넉넉한 연봉도 단란한 가정도 손에 잡히지 않았습니다. 마치 출렁이는 파도에 휩쓸린 보트 같았습니다. 언제 뒤집혀도 이상할 게 없다는 말입니다. 몰아치던 파도도 잠잠해질 때가 있었습니다. 잠깐의 안락함에 빠져 다시 닥칠 파도를 대비하지 못했습니다. 감정에 휘둘려 퇴사하고 직장을 구하기까지 몇 달 노는 식이었습니다. 준비가 안 된 구직자에게 인정을 베풀 회사는 없었습니다. 운 좋게 직장이 구해지면 파도가 멈춘 줄 알고 다시 안도했습니다. 어떤 식으로든 운은 계속된다고 여겼습니다. 이런 생활을 15년 동안 이어왔습니다.

손에 책을 들고부터였습니다. 책은 내 처지를 다시 생각하게 했습니다. 책은 내가 어떤 사람인지 다시 돌아보게 했습니다. 책은 나를 흔들었던 파도가 무엇인지 되새기게 했습니다. 책은 왜 파도에 휩쓸리며 살았는지, 무엇이 부족해 그렇게 살 수밖에 없었는지 고민하게 했습니다. 그리고 책은 앞으로 어뗗게, 어떤 삶을 살지도 생각하게 했습니다. 순간의 감정을 참지 못했던 나는 책을 읽고 반성했습니다. 포기가 익숙했던 나를 책이 꾸짖었습니다. 원하는 걸 갖고 싶다면 포기하지 말라고 책이 알려주었습니다. 책은 타인과 가족에게 향했던 분노도 내 안에서 비롯된 그릇된 감정임을 깨닫게 해 주었습니다. 무엇보다 나 자신을 아끼라고 했습니다. 모든 일은 내가 마음먹기에 달렸다고 합니다. 그러니 실패도 성공도 모두 내 안에 있다고 말합니다. 책을 읽고부터 내 안에 쇳덩이를 하나씩 넣었던 것 같습니다. 쇳덩이 덕분에 지금은 몰아치는 파도에도 중심을 잡고 살아가는 중입니다.

2018년부터 읽고 쓰는 일상을 반복해왔습니다. 무작정 읽기 시작하면서 나에 대한 의심도 들었습니다. 언제 또 포기할지 장담할 수 없었습니다. 혹여 포기했다면 열정이 떨어졌니 의지가 부족하니 핑계 대고 말았을 겁니다. 이전까지 그렇게 해왔으니까요. 하지만 한 해 두 해 지나면서 포기하지 않는 저를 보며 이유를 찾아보게 되었습니다. 변화는 기대했던 것보다 극적으로 일어나지 않았습니다. 주변의 누군가는 저보다 짧은 시간 만에 삶이 뒤흔들리는 기회가 찾아오기도 했습니다. 노력의 크기를 비교할 게 아니지만, 저보다 덜 노력해도 더 큰 행운을 쥔 이도 보았습니다. 그리고는 비교했습니다. 내 처지를 탓하고 오지 않은 기회를 원망했습니다.

그럴수록 초라해지는 건 자신이었습니다. 초라해지기 위해 책을 읽고 글을 쓴 건 아니었습니다. 책이 알려준 나를 다시 믿어보기로 했습니다. 이런 비교는 반복되었던 것 같습니다. 감정을 가졌으니 어쩌면 당연합니다. 하지만 다시 일상으로 돌아갔습니다. 생각해보면 그럴 때마다 나를 일상으로 되돌려놓은 게 지금의 저를 있게 한 것 같습니다. 어떤 상황에서도 오늘 해야 할 일을 포기하지 않았던 게 저를 지켰던 것입니다. 독서를 반복하고 글쓰기 훈련하며 매일 각오를 새롭게 했습니다. 그런 반복이 보이지 않는 곳에서부터 나를 변화시켜 왔다고 생각합니다. 변화는 소리도 안 내고 모습도 드러내지 않은 채 조용히 나에게 왔던 것입니다. 그래서 나를 흔드는 것들로부터 중심을 잡을 수 있었습니다. 지난 7년이 그 결과입니다. 이제까지 버텨왔으면 앞으로 10년도 거뜬할 거로 믿습니다. 이미 파도 타는 방법을 몸으로 배웠으니까요.

"저 너머에서 노동하는 모든 사람. 그들 모두가 그저 살고 싶기에 살아가는 걸까. 죽음에 자꾸 이끌리는 마음을 책임감의 갈고리로 삶까지 끌어당기는 건 아닐까. 내 육신의 죽음만으론 나에게 닥친 불행들까지 죽일 수 없다. 불행은 내 소중한 사람들에게 옮겨가겠지. 그럴 바에 살아남아 불행과 싸워 이기는 게 낫지 않을까."

– 《쇳밥일지》 중

해보지도 않고 포기하는 것과 모든 걸 다 해보고 포기하는 건 분명 다릅니다. 그동안 저는 끝까지 해보지 않고 포기했습니다. 다행히 책을 읽고 글을 쓰면서 조금씩 달라졌습니다. 매일 똑같은 일상에 단련이 되었습니다. 반복에 익숙해지면서 들이치는 파도에도 의연해진 것입니다. 출발은 같았지만, 어느새 앞서가는 이들의 뒤통수를 보면서 저를 돌아봤습니다. 그리곤 다시 신발 끈을 고쳐 맸습니다. 나를 탓하고 남과 비교하는 대신 오늘 할 일에 집중했습니다. 다리가 풀릴 만큼 힘이 들 땐 내가 나를 부축했습니다. 7년을 지켜온 일상이 있었기에 가능했던 것입니다. 일상을 지켜온 덕분에 포기란 없습니다. 그런 마음가짐이 오늘을 살게 하는 원동력입니다.

물러설 줄 아는 지혜

출발선에 선 토끼와 거북이. 토끼는 생각합니다. 거북이를 이기게 할 방법이 있을까? 지켜보는 이들은 당연히 토끼가 이긴다고 믿고 있습니다. 토끼는 거북이의 도전을 응원해주고 싶었습니다. 출발 신호가 울리자 토끼도 거북이도 실력대로 달리기 시작합니다. 몇 걸음 안 가 이미 거리가 벌어집니다. 이대로 가면 결승선에 토끼가 들어오는 건 의심의 여지가 없습니다. 그때 토끼가 꾀를 냅니다. 경치 좋은 나무 밑에서 잠시 쉬어 가는 겁니다. 거북이를 기다리면서 말이죠. 잠시 쉰다는 게 그만 깜빡 잠이 듭니다. 거북이를 응원하는 소리에 화들짝 놀라 깬 토끼. 눈앞으로 거북이가 땀을 뻘뻘 흘리며 달리고 있습니다. 다시 속도를 내며 달리기 시작하는 토끼. 다시 토끼와 거북이 사이의 거리가 벌어졌습니다. 토끼를 지켜보는 관중도 당연한 결과에 지루해합니다. 이대로 경기가 끝나도 이상할 게 없습니다. 다시 꾀를 낸 토끼. 이번에는 발을 다쳤다고 엄살을 피웁니다. 그 사이 거북이가 토끼를 앞지릅니다. 관중은 포기하지 않은 거북이에게 환호하기 시작합니다. 토끼는 아픈 척 계속 연기 중입니다. 거북이가 결승선을 통과할 때까지요.

토끼의 행동은 분명 스포츠 정신은 아닙니다. 하지만 누가 봐도 결과가 정해진 경기도 공정하다고 할 수 없습니다. 우리도 이처럼 기울어진 운동장에서 경기를 시작해야 하는 경우가 많습니다. 그리고 시작한 이상 상대를 따돌려야 결승선을 먼저 통과할 수 있습니다. 인정사정 봐주면 되레 패배자가 됩니다. 어떤 수를 써서라도 상대를 짓밟아야 승자가 될 수 있습니다. 수단과 방법을 가리지 않고 얻은 승리에는 어떤 가치가 있을까요? 승자에겐 당연히 환호해줘야 할까요? 패자는 낙인찍고 다시 일어설 기회까지 박탈해야 할까요? 학교에서 직장에서 이제껏 그렇게 살아왔다고 생각합니다. 그래서 남은 게 무엇일까요? 그렇게 얻은 게 과연 은퇴나 퇴직 이후 어떤 가치가 있을까요?

저 나름 토끼의 행동을 정의해 봤습니다. 토끼는 거북이를 배려하고 함께 하려는 마음이었다고 생각합니다. 경쟁이 아닌 상생입니다. 함께 잘 살기 위해 자신이 가진 걸 나눈 것입니다. 나눔은 저마다 정의하기 나름이라고 생각합니다. 물질을 나누는 게 전부라고 생각하지 않습니다. 자신의 재능, 시간, 생각, 마음도 나눌 수 있습니다. 토끼는 거북이를 마음으로 배려했습니다. 함께 걷는 동반자로서 말이죠. 물론 부작용도 있을 수 있습니다. 반대로 거북이는 무슨 일이든 해낼 희망과 용기를 얻었을 겁니다. 우리도 조금 더 가치 있는 일을 위해 선의 거짓말을 할 수도 있습니다. 아니면 마음을 다해 가진 재능을 나눌 수도 있을 테고요.

책을 읽으며 많은 걸 얻었습니다. 그중 하나가 상대를 배려하는 마음입니다. 상대의 입장이 되어보는 겁니다. 아마도 책 안에 누군가의 인생과 생각이 고스란히 담겨 있기 때문입니다. 책을 통해 다양한 상황, 생각과 감정을 접하면서 상대방을 한 번 더 이해하려 노력했습니다. 같은 상황에서 나라면 어떻게 행동하고 생각했을까 고민하게 되었고요. 그런 노력이 상대방에 대한 공감으로 이어졌습니다. 백 퍼센트 이해한다고 할 수 없습니다. 그럴 수도 없고요. 중요한 건 상대의 마음을 헤아려보려는 노력입니다. 그로 인해 상대방이 되어보려는 노력이 나의 배려로 이어질 것입니다. 아마 토끼도 책을 많이 읽었던 것 같습니다. 결과가 뻔한 경주에서 거북이를 배려했다는 게 말이죠. 당연한 걸 당연하게 받아들이지 않는 것도 용기가 필요합니다. 누구나 쉽게 할 수 있는 행동도 아닙니다. 나보다 상대를 위한다는 마음이 우선되어야 할 것입니다. 이전까지는 이빨을 드러내며 살아왔다면 앞으로는 조금 다르게 살아보는 것도 괜찮지 않을까요?

책을 읽는 또 다른 이유는 내 것을 나누기 위함입니다. 우리는 누구보다 치열하게 배우고 성장하고 최고가 되려고 애써왔습니다. 저마다의 자리가 이를 말해줍니다. 하지만 영원한 건 없다고 했습니다. 이제 다시 새로운 출발선에 서야 한다면 가진 걸 내려놓는 것부터 해야 할 것입니다. 시작에는 수많은 가능성을 담고 있습니다. 이제부터 배우는 것들로 이전과 다른 삶을 살아보는 겁니다. 지금까지 남과 경쟁하기 위해 배우고 성취하고 성장해 왔다면, 이제부터는 공생하기 위해 배우고 성취하고 성장해 보는 건 어떨까요? 대단한 능력이 필요하지 않습니다. 지금까지 경험해온 것을 나누려는 마음이면 충분합니다. 경험을 통해 알게 된 것, 새로 배우게 된 것, 앞으로 배우게 될 것들을 나누는 겁니다. 한 발 뒤로 물러나서 상대를 돋보이게 하는 겁니다. 상대가 빛나는 만큼 자신도 빛나지 않을까요?

거북이는 거북이의 속도로, 토끼는 토끼의 속도로 가는 게 공정한 경기입니다. 하지만 이 둘의 시작은 애초에 공정하지 않았습니다. 다르게 봤으면 합니다. 공정의 잣대가 아닌 공생의 기준으로 말이죠. 속도가 빠른 토끼는 거북이를 배려해 주고, 느린 거북이는 토끼의 빠름을 인정해주는 겁니다. 둘 다 물러서지 않으면 승자 없는 경기가 될 뿐입니다. 발이 느린 거북이와 나란히 걷는 토끼의 모습이 그렇게 밉상은 아닐 겁니다. 오히려 토끼의 아량에 모두는 박수를 보낼 겁니다. 이제껏 거북이로 살았다면 앞으로는 토끼로, 지금까지 토끼로 살았다면 다음은 거북이로 살아보는 건 어떨까요? 저마다 분명 의미와 가치를 담고 있다고 생각합니다. 누구나 나눌 수 있는 게 있다고 생각하니까요.

인생, 다시 길을 찾다

    14분 48초, 모차르트 피아노 협주곡 20번 1악장 알레그로의 연주 시간입니다. 매일 아침 한 편의 글을 쓰기 위해 백지와 마주하면 연주가 시작됩니다. 어느 날은 음악이 시작되면서 손끝이 움직입니다. 다른 날은 음악이 끝날 때까지 한 문장도 못 씁니다. 글이 써지면 써져서 다행이고, 안 써지면 음악에 빠져서 다행입니다. 머릿속 생각은 잠시 접어두고 피아노, 바이올린, 플루트, 첼로 등 악기 소리에 집중해 봅니다. 화음을 만들어내기 위해 도드라지는 악기도 있고, 집중해서 들어야 하는 소리도 있습니다. 화음을 위해 자기 악기 연주에 최선을 다하고 있는 연주자의 모습이 눈앞에 그려집니다. 피아노 협주곡은 피아노가 중심입니다. 다른 악기는 피아노와 경쟁하듯 조화를 이루며 화음을 만들어냅니다. 협주곡을 듣다 보면 우리와 닮았다는 생각이 듭니다.

우리 대부분은 부모의 사랑 속에서 태어납니다. 홀로 빛나는 피아노처럼 주변의 관심과 애정을 받고 성장합니다. 치열한 경쟁은 홀로 빛나도록 두지 않습니다. 성인이 되고 사회에 나올 때쯤이면 빛은 사라지고 형체만 남습니다. 내 소리를 내며 사람들과 조화를 이루며 사는 방법을 배웁니다. 때로는 도드라지기도, 때로는 관심 밖으로 밀려나기도 합니다. 부딪치고 깨지고 상처가 아물기를 반복하며 자기만의 소리를 완성해 갑니다. 여럿이 연주해도 제법 소리가 도드라질 만큼 연륜과 경험이 쌓입니다. 하지만 어느새 자신보다 실력이 뛰어난 연주자가 앞을 가로막습니다. 홀로 설 선택의 순간은 어김없이 찾아옵니다. 오랜 경험으로 뛰어난 소리를 내도 귀담아들어주는 이 없습니다. 사람들이 원하는 건 악기 연주가 아닐 수도 있습니다. 그동안 쌓아온 실력과 경험, 지혜를 원하는 걸 수 있고요. 연주 실력을 갖추기 위해 타인에게 받기만 했던 시간을 지나, 이제는 내가 가진 재능을 나누는 시간입니다. 나누면서 사람이 모이기 시작합니다. 한때 그들의 귀를 즐겁게 해줬다면, 이제 내가 가진 지혜로 그들에게 배움의 즐거움을 줍니다. 그리고 다시 새로운 삶이 시작됩니다.

저는 선택의 순간을 지나 홀로 설 준비를 하는 중입니다. 홀로서기 위에 무엇을 해야 할지 많은 시간 고민했습니다. 옳은 선택을 위해 뜸을 들였습니다. 서른 살의 선택을 반복하고 싶지 않았습니다. 온전히 제 의지대로 결정하고 싶었습니다. 만약 섣불리 결정한다면 돌이킬 수 없을 수도 있습니다. 책을 읽으면서 고민을 이어갔습니다. 글도 쓰면서 찾아봤습니다. 쉽게 찾아지지 않았지만, 다행히 멀리 있지도 않았습니다. 책과 글 속에 답이 있었습니다. 제가 찾은 답은 읽고 쓰면서 배운 걸 나누는 삶입니다. 20년 넘게 사회생활에서 얻은 것과 책을 읽고 글을 쓰며 배운 걸 다시 사람들과 나누는 것입니다. 직업인으로서 작가이자 강연가의 삶입니다. 하고 싶은 일은 찾았지만 할 수 있는 게 많지 않았습니다. 과거의 경험만으로 부족했습니다. 그래서 배우기 시작했습니다. 책을 놓을 수 없었습니다. 책에는 원하는 답이 담겨 있었습니다. 한 권씩 읽어가며 부족한 부분을 채웠습니다. 하루아침에 되지 않는다는 걸 알지만 조바심이 나기도 했습니다. 가보지 않은 길이라 의심이 들었습니다. 틀린 길은 아닐까 불안했습니다. 한편으로 조바심, 의심, 불안 모두 끝까지 가보지 않았기에 드는 감정이었습니다. 확신은 될 때까지 해봤을 때 비로소 갖게 되는 거였습니다. 그래서 매일 읽고 쓰기를 반복했습니다. 목표를 정하고 계획을 세워 하나씩 성취했습니다. 하루의 계획을 실천하기 위해 시간을 쪼개고 낭비를 줄였습니다. 그런 노력이 손안에 성과로 쌓였습니다. 그제야 서서히 확신이 찼습니다. 지금 내 모습보다 앞으로의 나가 기대됐습니다. 지난 7년은 내 선택에 확신을 줬습니다. 내가 무엇을 나누어야 하는지 알 수 있었습니다. 나누기 위해 어떤 삶을 살아야 하는지도 이해했습니다.

앞으로 저는 귀기울이면 잘 들리는 악기 소리같은 삶을 살려고 합니다. 잘 들리지 않는다고 필요 없는 악기 소리는 없습니다. 하나하나가 모여 화음을 낸다면 꼭 필요한 악기입니다. 오히려 그런 작은 소리 악기들이 음악을 더 풍성하고 가치 있게 만들어줄 것입니다. 조명을 받지 못하면 어떤가요, 연주를 할 수 있다는 게 더 중요하지 않을까요? 나는 내 악기로 연주하면 누군가는 반드시 들어줄 테니까요. 내 소리가 한 명의 청중에게만 전해져도 그 자체로 의미 있다고 생각합니다. 그렇게 조금씩 연주 실력을 쌓다 보면 어느 때 저만을 위한 협주곡이 완성되지 않을까요?

모차르트 피아노 협주곡 20번은 그가 작곡한 27곡 중 가장 인기 있는 곡입니다. 이 곡은 피아노 협주곡이라는 분야를 완성하는 데 결정적 역할을 했다고 평가받습니다. 짐작건대 모차르트는 이 곡을 쓰면서 이 같은 평가를 받을 거라고 예상하지 못했을 겁니다. 단지 타고난 재능으로 음악을 만드는 데 최선을 다했을 뿐입니다. 그는 사람들에게 들려주고 싶은 음을 악보에 하나씩 남겼습니다. 완성된 악보를 연주자는 한 음씩 연주했습니다. 각각의 악기가 모여 한 곡이 완성됩니다. 그 음악을 들은 사람들은 환호와 찬사를 보냅니다. 여느 음악과 비교하며 평가가 이어집니다. 여러 사람의 평가가 모여 피아노 협주곡 분야의 정점으로 기록되게 된 것입니다.

7년 동안 1,500권을 읽으며 저를 돌아보고 세상을 봤습니다. 지난 시간의 저는 보잘것없었습니다. 할 줄 아는 것도 좋아하는 것도 없이 그저 그런 삶을 살았습니다. 그 삶도 나름 가치 있었습니다. 하지만 두 번째 삶을 준비하기엔 부족한 게 많았습니다. 그래서 다시 처음부터 나를 돌아보면서 준비했습니다. 어떤 삶을 살겠다는 각오보다 오늘 내가 무엇을 해야 할지를 먼저 생각했습니다. 오늘 한 권의 책을 읽고 한 편의 글을 남기면서 말이죠. 책을 읽고 든 생각을 글로 남기고 그 글이 모여 한 권의 책이 되었습니다. 몇몇은 제가 쓴 책을 읽고 다르게 살아볼 용기를 냈다고도 합니다. 저에게는 이보다 값진 보상은 없었습니다. 누군가에 의해 제가 영향을 받아 변화를 선택했고 다른 삶을 살게 되었습니다. 마찬가지로 저로 인해 누군가 영향을 받아 변화를 선택하고 다른 삶을 살고 있습니다. 그렇게 한 사람씩 조금 더 나은 삶을 살 수 있게 돕는 게 지금 제가 바라는 삶입니다. 작가로서 책을 쓰고 강연가로서 사람과 마주할 것입니다. 그러기에 앞서 오늘도 책을 읽고 글을 쓰면서 저를 먼저 만들어갑니다. 저만이 낼 수 있는 음을 만들기 위해서 말이죠.

마치는 글

자기와의 싸움은 끝이 없습니다. 책은 그 싸움에서 여러분이 승리할 수 있게 도울 수 있습니다. 그렇다고 책 한 권을 읽고 엄청난 변화를 기대하지 않습니다. 한 권이 시작은 될수는 있지만, 전부가 되어서는 안 됩니다. 책을 읽지만, 변화와 성장은 더디게 나타날 수 있습니다. 그렇다고 자신을 자책하지 않았으면 합니다. 저도 여전히 변화하고 성장하는 중입니다. 이제까지 잘 해왔어도 어느 순간 다른 길로 갈 수도 있고, 전혀 다른 선택으로 예상과 다른 인생을 살 수도 있습니다. 누구나 그럴 수 있고 그런 가능성이 열려 있는 게 우리인생이라고 생각합니다. 그럴 때면 꼭 지켜야 할 게 있다고말합니다. 어떤 상황에서 자신을 잃지 않고 바로 세울 수 있는 하루경영입니다. 나를 바로 세우지 못하는데 아무리 새로운 일을 시작한들 지속하기 힘들 것입니다.

삶의 원칙도 끈기도 꾸준함도 없었던 탓에 직장만 좇아 아홉 번 이직 했습니다. 잦은 이직은 내 살 깎아먹는 꼴이었습니다. 다음 직장을 구하기 위해 겉모습을 더 치장해야 했습니다. 이력서 스펙 한 줄에 인생이 달린 양 매달렸습니다. 그때는 하고 싶은 것도 없었습니다. 아니 하고 싶은 일에 도전할 용기를 못 냈습니다. 하던 일을 그만두면 큰일이라도 날 것 같았습니다. 애초에 다른 곳으로 눈을 돌리지 않았습니다. 그러니 같은 자리만 맴돌았고 점점 땅속으로 파고들었던 것 같습니다. 기껏 무언가 시도를 하지만 결과가 나올 때까지 해내지 못했습니다. 하다가 멈추고 싫증 내고 포기하기 일쑤였습니다. 그런 도전은 끝까지 안 봐도 이미 답은 나와 있었습니다. 나조차 답이 정해져 있는 시도를 매번 하면서 눈을 가리고 있었습니다. 스스로 눈을 가리고 있으니, 앞이 보일 리 없었습니다. 마흔 넘게 그렇게 살아왔습니다.

답이 없을 것 같은 저의 인생에도 힌트가 주어졌습니다. 책을 읽으면서부터였습니다. 저보다 더 바닥으로 떨어졌던 이도, 저보다 더 절망적인 삶을 살았던 이도 책을 통해 새로운 삶을 살게 되었습니다. 그러니 누구에게나 분명 기회가 될 거로 생각합니다. 수많은 원칙과 방법이 있습니다. 책의 숫자만큼 다양합니다. 적어도 이 세 가지만 잊지 않았으면 합니다.

첫째, 책을 가까이 두고 매일 조금씩 읽었으면 좋겠습니다.

어떤 일에 성과를 내려면 시간과 노력이라는 물리적인 양이 필요합니다. 무언가를 배우는 과정도 마찬가지이고요. 매일 일정량 시간을 할애해서 배우고 익히면 보다 빨리 원하는 목표에 닿을 수 있습니다. 중요한 건 목표에 닿은 이후입니다. 끊임없이 발전하고 성장하기 위해서는 배움을 멈추어서는 안 됩니다. 시작할 때도 엄청난 각오와 철저한 준비부터 하는 이들이 있습니다. 이들보다는 그냥 시작하고 매일 조금씩 배우고 익히며 천천히 성장해 가는 이들도 있습니다. 분명 더 발전 가능성이 있고 지속할 수 있는 건 후자일 것입니다. 책은 이들 모두를 가능하게 해주는 도구입니다. 원하는 곳에 데려다줄 수도 있고, 각오 없이 그저 시작할 수 있게 돕는 도구입니다. 그러니 매일 가까이에 두고 조금씩 할 수 있는 양만큼 읽어가는 겁니다. 그 시간과 노력이 쌓이면 분명 바라는 성과나 목표에도 닿을 수 있을 것입니다.

둘째, 하루 중 나를 위한 시간을 꼭 가졌으면 좋겠습니다.

기록으로 승부를 내는 경기는 출발부터 결승선을 통과할 때까지 멈추지 않습니다. 우리 인생은 기록으로 승부를 내는 경기가 아닙니다. 기록이 중요하지도 않을 테고요. 그저 자신의 속도와 방향대로 끝까지 달리는 지구력이 무엇보다 필요한 경기입니다. 지구력에는 잘 쉬어주는 것도 중요합니다.

적절한 때 알맞은 시간 동안 쉬어주어야 계속 달릴 힘이 생깁니다. 하루 중 자신을 쉬게 해주는 시간이 필요한 이유입니다. 매일 자신을 돌아보며 자기 점검의 시간을 가져야 합니다. 내가 지금 무엇을 향해 달려가고 있는지, 방향이 맞는지, 속도는 적당한지, 혼자 가는 건 아닌지 등 두루두루 살피는 시간입니다. 오늘 나를 위한 시간은 내일 내가 더 잘 달릴 힘을 갖게 해주는 것입니다.

셋째, 작은 목표부터 세우고 실천했으면 좋겠습니다.

목표가 거창할 필요 없습니다. 하루 10페이지 읽기, 하루 10분 일기 쓰기, 하루 5천 보 걷기. 오늘 내가 할 수 있는 것들을 목표로 정하는 겁니다. 아무리 작은 목표도 달성하면 성취감이 생깁니다. 성취감은 지속할 수 있는 동기부여가 됩니다. 같은 행동을 반복할 수 있게 돕습니다. 같은 행동을 저항 없이 계속하게 되는 걸 습관이라고 합니다. 목표를 달성하기 위해 습관이 생기는 것만큼 강력한 도구는 없다고 생각합니다. 목표를 달성하기 위해 습관을 만들 수 있다면 쉽게 포기하지도 않습니다. 어쩌면 그때는 포기와는 거리가 멀어진 상태가 되어 있을 겁니다. 반대로 작은 목표도 없으면 성취감도 안 생기고 습관과는 거리가 멀어집니다. 그러니 사소한 것이라도 스스로 목표를 세우고 실천해 갔으면 좋겠습니다.

그리고 끝으로 가장 중요한 하나는 이 세 가지를 끊임없이 반복하는 것입니다. 새로운 직업에 도전하든, 인생 2막에 뛰어들든, 더 나은 직장을 찾든 이 세 가지만 꾸준히 반복할 수 있으면 저마다 든든한 중심을 잡고 살 것입니다. 책을 통해 자기만의 중심을 잡고 사는 걸 저는 '독서경영'이라고 이름 붙였습니다. 사람마다 가치관 의식 성향에 따라 기준이 다를 수 있습니다. 제가 지금까지 1,500권 넘게 읽으며 알게 된 이 세 가지 기준이라면 적어도 삶의 정답지에 근사치라고 감히 말씀드립니다. 저 또한 여전히 이 세 가지를 반복하며 매일 조금씩 나아지려고 노력 중입니다. 세상은 지극히 단순한 원칙과 반복에 그 답이 있었습니다. 어떤 원칙을 세우든 반복하지 않으면 얻지 못하고, 원칙이 없다면 아무리 반복한들 어느 순간 흔들리게 됩니다. 이 책이 여러분 각자의 삶에 원칙을 세우고 지속하는 데 도움이 되길 바랍니다.

인공지능도 알려주지 않는
다양한 상황별 도움이 될 베스트 3

▶ **감정에 중심을 잡아야 할 때**
　〈내 마음을 읽는 시간〉 변지영 저 (더퀘스트)
　〈마음의 역설〉 이재진 저 (카시오페아)
　〈자기 돌봄〉 타라 브랙 저 (생각정원)

▶ **공부법이 궁금할 때**
　〈객관적이고 과학적인 공부법〉 이지성, 인현진 저 (차이정원)
　〈공부의 본질〉 이윤규 저 (빅피시)
　〈고수의 학습법〉 한근태 저 (이지퍼블리싱)

▶ **공감하는 방법을 배우려면**
　〈당신은 너무 늦게 깨닫지 않기를〉 아서 P. 시아라미콜리, 케서린 케첨 저
　(위즈덤하우스)
　〈공감의 배신〉 폴 블룸 저 (시공사)
　〈공감은 지능이다〉 자밀 자키 저 (심심)

▶ **뇌가 궁금하다면**
　〈성취하는 뇌〉 마르틴 코르테 저 (블랙피쉬)
　〈움직임의 뇌과학〉 캘러라인 윌리암스 저 (갤리온)
　〈브레인 키핑〉 마크 밀스테인 저 (웅진지식하우스)

▶ **더 나은 내일을 꿈꾼다면**
〈진정한 나로 살아갈 용기〉 브레네 브라운 저 (북라이프)
〈나를 나답게 만드는 것들〉 빌 설리번 저 (브론스테인)
〈어떻게 살아야 하는가〉 이나모리 가즈오 저 (다산북스)

▶ **건강을 지키기 위해 꼭 알아야 할 것들**
〈질병은 없다〉 제프리 블랜드 저 (정말중요한)
〈느리게 나이드는 습관〉 정희원 저 (한빛라이프)
〈식사가 잘못됐습니다 1,2〉 마키타 젠지 저 (더난출판사)

▶ **글쓰기에 관심있다면**
〈어느 날 작가가 되었습니다〉 아넷 하우징 저 (탐)
〈일상과 문장 사이〉 이은대 저 (바이북스)
〈글은 어떻게 삶이 되는가〉 김종원 저 (서사원)

▶ **좋아하는 일을 찾고 싶을 때**
〈나는 무엇을 잘 할 수 있는가〉 구본형변화경영연구소, 오병곤 저 (고즈원)
〈왜 일하는가〉 이나모리 가즈오 저 (다산북스)
〈스타트 위드 와이〉 사이먼 사이넥 저 (세계사)

▶ **선택을 잘하는 방법이 궁금하다면**
〈결정의 기술〉 크리스 블레이크 저 (펜하우스)
〈후회의 재발견〉 다니엘 핑크 저 (한국경제신문)
〈결심이 필요한 순간들〉 러셀 로버츠 저 (세계사)

▶ **소설이 읽고 싶을 때**
〈하우스 메이드〉 프리다 맥파든 저 (북플라자)
〈새의 선물〉 은희경 저 (문학동네)
〈오베라는 남자〉 프레드릭 배크만 저 (다산책방)

▶ **성공법칙이 궁금하다면**
〈한국의 젊은 부자들〉 이신영 저 (메이븐)

〈결국 이기는 사람들의 비밀〉 리웨이원 저 (갤리온)

〈타이탄의 도구들〉 팀 페리스 저 (토네이도)

▶ **평범한 사람의 성공한 이야기**

〈생각의 비밀〉 김승호 저 (황금사자)

〈1일 1행의 기적〉 유근용 저 (비즈니스북스)

〈브랜드가 되어간다는 것〉 강민호 저 (턴어라운드)

▶ **부부싸움하고 읽으면 도움 되는 책**

〈하버드 사랑학 수업〉 마리 루티 저 (웅진지식하우스)

〈결혼을 공부하라〉 한근태 저 (클라우드나인)

〈결혼학 개론〉 벨린다 루스콤 저 (비잉)

▶ **대화가 서툴다면 이 책부터**

〈부자의 말센스〉 김주하 저 (위즈덤 하우스)

〈말의 시나리오〉 김윤나 저 (카시오페아)

〈말투가 고민이라면 유재석처럼〉 정재용 저 (센시오)

▶ **세대 차이에 대해 알고 싶다면**

〈90년대생이 온다〉 임홍택 저 (웨일북)

〈쎈 세대, 긴 세대, 신세대 3세대 전쟁과 평화〉 김성회 저 (쌤앤파커스)

〈요즘 애들, 요즘 어른들〉 김용섭 저 (21세기북스)

▶ **유대인에 대해 궁금하다면**

〈1% 유대인의 생각훈련〉 심정섭 저 (매일경제신문사)

〈유대인 이야기〉 홍익희 저 (행성B)

〈영원히 살 것처럼 배우고 내일 죽을 것처럼 살아라〉 마빈 토케이어 저 (함께
북스)

▶ **벽돌 책에 도전해보고 싶다면**

〈창조적 시선(1028쪽)〉 김정운 저 (아르테)

〈코스모스 (719쪽)〉 칼 세이건 저 (사이언스북스)

〈사피엔스 (636쪽)〉 유발 하라리 (김영사)

▶ **직장에 다니면서 부업이 필요할 때**
〈이번 생은 N잡러〉 한승현 저 (매일경제신문사)
〈나는 직장에 다니면서 12개의 사업을 시작했다〉 패트릭 맥기니스 저 (비즈니스북스)
〈게으르지만 콘텐츠로 돈은 잘 법니다〉 신태순 저 (나비의활주로)

▶ **정신이 번쩍 들게 잔소리 듣고 싶을 때**
〈시작의 기술〉 게리 비숍 저 (웅진지식하우스)
〈그대 스스로를 고용하라〉 구본형 저 (김영사)
〈죽음의 수용소에서〉 빅터 프랭클 저 (청아출판사)

▶ **돈 공부가 필요하다면**
〈돈 없어도 돈 모으는 법〉 데이브 램지 저 (시목)
〈돈의 비밀〉 조병학 저 (인사이트앤뷰)
〈돈의 감정〉 이보네 젠 저 (다산북스)

▶ **부동산 투자에 입문할 때 읽는 책**
〈나는 오늘도 경제적 자유를 꿈꾼다〉 청울림(유대열) 저 (알에이치코리아)
〈엑시트 EXIT〉 송희창 저 (지혜로)
〈아기곰의 재테크 불변의 법칙〉 아기곰 저 (아라크네)

▶ **가슴을 울리는 좋은 말이 필요할 때**
〈오십에 시작하는 마음공부〉 김종원 저 (비즈니스북스)
〈인생수업〉 엘리자베스 퀴블러 로스 저 (이레)
〈좋은지 나쁜지 누구 아는가〉 류시화 저 (더숲)

▶ **책을 읽고 싶지 않을 때 읽으면 좋은 책**
〈딱 하나만 선택하라면, 책〉 데비 텅 저 (윌북)
〈독서는 절대 나를 배신하지 않는다〉 사이토 다카시 저 (걷는 나무)
〈나는 매일 책을 읽기로 했다〉 김범준 저 (비즈니스북스)

인생을 변화시키는 독서

권선복(도서출판 행복에너지 대표이사)

독서는 마음의 양식으로 모든 사람에게 권장되지만, 정작 독서 하는 습관을 만들려고 해도 이를 실천하는 것은 쉬운 일이 아닙니다. 처음에는 기세 좋게 여러 책을 사서 모두 완독할 듯 읽어나가기 시작하지만, 시간이 지날수록 수많은 이유와 핑계가 늘어나면서 처음의 의지는 흐지부지되어 버리기가 십상입니다.

왜 우리는 독서 계획을 세우고도 이를 끝까지 실천하지 못하는 걸까요? 독서를 통해 인생을 바꾸었다고 자신 있게 말하며, 우리가 살면서 겪는 모든 문제의 답은 책 속에 있다는 신념으로 독서를 전파하고 있는 김형준 저자의 이 책, 『인생이 막막할 때 책을 만났다』는 이러한 의문에 대한 답과 함께 누구나 실천할 수 있는 독서법, 인생을 바꾸는 독서 습관을 만드는 방법을 알려 주는 책입니다.

278

김형준 저자는 20여 년이 넘게 같은 일을 했음에도 불구하고 어떤 직장에도 정착하지 못하고 9번을 이직하며 그 과정에서 밀린 월급을 받기 위해 절도를 저지르기도 하는 등 방황의 연속이었습니다. 구제불능 같은 삶도 7년 동안 1,500여 권을 읽으며 인생을 변화시키는 데 성공했다고 이야기합니다. 매일 새벽 기상과 읽고 쓰기를 시작했고, 식단 관리와 금주를 실천 중이며, 가족에게 더는 상처입히지 않으려는 노력이 독서에서 비롯되었다고 말합니다.

　　김형준 저자는 이러한 독서의 힘을 습관으로 만들기 위해서는 자신의 사정에 맞게 다양한 방법으로 접근하여 꾸준히 읽는 게 무엇보다 중요하다고 이야기합니다. 이를 위해서 저자는 서점보다 도서관에서 빌려 읽기를 시작으로, 책에 집중하기 어려운 환경일 경우 오디오북 활용, 비슷한 주제 묶어 읽기 등으로 효율적인 독서 습관을 구축할 수 있도록 돕고 있습니다.

　　"사람은 책을 만들고, 책은 사람을 만든다"라는 말이 있습니다. 김형준 저자가 스스로의 인생을 창조한 독서의 모든 것을 담은 이 책을 통해서 독자분들도 인생의 새로운 지평을 창조할 수 있기를 희망합니다!

'행복에너지'의 해피 대한민국 프로젝트!

<모교 책 보내기 운동> <군부대 책 보내기 운동>

한 권의 책은 한 사람의 인생을 바꾸는 힘을 가지고 있습니다. 한 사람의 인생이 바뀌면 한 나라의 국운이 바뀝니다. 그럼에도 불구하고 많은 학교의 도서관이 가난하며 나라를 지키는 군인들은 사회와 단절되어 자기계발을 하기 어렵습니다. 저희 행복에너지에서는 베스트셀러와 각종 기관에서 우수도서로 선정된 도서를 중심으로 <모교 책 보내기 운동>과 <군부대 책 보내기 운동>을 펼치고 있습니다. 책을 제공해 주시면 수요기관에서 감사장과 함께 기부금 영수증을 받을 수 있어 좋은 일에 따르는 적절한 세액 공제의 혜택도 뒤따르게 됩니다. 대한민국의 미래, 젊은이들에게 좋은 책을 보내주십시오. 독자 여러분의 자랑스러운 모교와 군부대에 보내진 한 권의 책은 더 크게 성장할 대한민국의 발판이 될 것입니다.

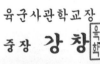